The
Sketch
Book

【美】华盛顿·欧文 著　　伍厚恺 译

见 闻 札 记

四川文艺出版社

图书在版编目（ＣＩＰ）数据

见闻札记 / （美）华盛顿·欧文著；伍厚恺译. --
3 版 . -- 成都 : 四川文艺出版社，2022.1
ISBN 978-7-5411-6128-5

Ⅰ . ①见… Ⅱ . ①华… ②伍… Ⅲ . ①游记—作品集
—美国—近代 Ⅳ . ① I712.64

中国版本图书馆 CIP 数据核字 (2021) 第 274851 号

JIAN WEN ZHA JI
见闻札记
[美] 华盛顿·欧文　著
伍厚恺　译

出 品 人　张庆宁
策划组稿　李　博
编辑统筹　苟婉莹
责任编辑　苟婉莹
封面设计　古涧千溪
内文设计　史小燕
责任校对　段　敏
责任印制　桑　蓉

出版发行　四川文艺出版社（成都市槐树街 2 号）
网　　址　www.scwys.com
电　　话　028-86259287（发行部）　　028-86259303（编辑部）
传　　真　028-86259306

邮购地址　成都市槐树街 2 号四川文艺出版社邮购部　610031
排　　版　四川胜翔数码印务设计有限公司
印　　刷　四川五洲彩印有限责任公司
成品尺寸　203mm×140mm　　　　开　本　32 开
印　　张　7.25　　　　　　　　　字　数　170 千
版　　次　2022 年 1 月第三版　　　印　次　2022 年 1 月第一次印刷
书　　号　ISBN 978-7-5411-6128-5
定　　价　39.80 元

目录

作者自述

> 我与荷马有此同感：正如蜗牛一脱壳就变成一只
> 蟾蜍，便不得不造一个凳子坐在上面；离开故乡四处
> 漂泊的游子也会很快变成这副可怕的模样，不得不按
> 自己的生活方式改变其居所，住在能够居住的地方，
> 而不是愿意居住的地方。
>
> ——黎里《尤弗伊斯》[1]

我总是喜爱游览没有去过的新地方，去观察奇异的风土
人情。我甚至在孩提时代就开始游历了，在我故乡之城的生疏
与未知的区域里多次进行过探索之旅，时常让我的父母担惊受
怕，也让巡查街道的人为找寻我而获得一点酬金。到长大一些
的时候，我的观察范围也有所扩大。我把假日的下午都耗费在
周围乡村间的漫游中。我逐渐熟悉了乡村的历史和传说中那些
著名的地方；我知道每一处发生谋杀和抢劫的现场，或者出现
过鬼怪的地方。我探访过邻近的村庄，通过留意人们的风俗习

---

[1] 黎里（John Lyly, 1554？—1606），莎士比亚之前的"大学才
子派"剧作家和诗人，散文体传奇故事《尤弗伊斯》（*Euphues*）是其代表
作。

惯以及同当地的贤达人士和著名人物交谈，我极大地增加了自己的见识。在一个漫长的夏日里，我甚至爬上了最远处的一座小山的山顶，从那里极目远眺好几英里之外的无名之地，惊异地发现自己栖身的地球是多么辽阔无边。

这漫游的癖好随着我年岁的增长而增强。航海和旅游的书籍成了我的热情所系，由于如饥似渴地阅读这些书籍，我荒废了学校的正规功课。在风和日丽的日子里我在码头流连，望着船舶起碇，驶往遥远的地方，心里充满了多么热切的向往啊！我凝视着它们逐渐变小的片片帆影，让自己在想象中漂泊到天涯海角，我的目光中充满了怎样的渴望啊！

尽管后来的阅读和思考使得这种朦胧的癖好进入了更合理性的范围，却也只是使它更加坚定。我游览过自己国家的各个地方；假如我仅仅是喜爱美丽的风景，那我就不会有多大的欲望到别的地方去寻求满足了，因为再没有别的国家比美国拥有更丰富奇异的大自然的魅力。她巨大的湖泊就像银光闪烁的海洋；她的群山映照着大气明亮的色调；她的山谷布满了丰盈的野生之物；她的大瀑布在幽寂之地发出雷鸣般的轰响；她无边无际的大草原自然地涌动翠绿色的波浪；她的河流既深且广，庄严静穆地滚滚流入海洋；她那人迹罕至的森林草木丰茂，景色壮丽；她的天空，燃烧着魔幻般的夏日云彩和灿烂阳光——不，一个美国人绝不需要到祖国之外去寻找雄伟壮丽的自然景色。

不过，欧洲却具有引发人对历史和诗歌产生联想的种种魅力。在那儿可以看到艺术的杰作，高度文明社会的优美精致，古代和地方性习俗的奇异特点。我的祖国有青春的美好前景；

欧洲有世代积聚的丰富宝藏。她的每一处废墟都讲述着往昔不同时代的历史，每一块残碑断石都是一部编年史。我渴望到那些曾建立丰功伟绩的圣地去漫游——不妨这样说，去踏踏古人的脚印——去徜徉于倾颓的古堡——去对着坍塌的塔楼沉思冥想——总而言之，我想从当今平庸的现实中超脱出来，忘情于幽暗朦胧的雄伟壮丽之中。

除了这一切，我还有见一见世间伟人的热望。确实，我们在美国也有自己的伟大人物——没有一个城市没有伟大人物。我曾经混迹其间，在他们给我投下的阴影中，我自惭形秽；因为对小人物来说，没有什么比淹没在一个大人物的阴影下更为有害的了，尤其是一个城市中的大人物。不过我却渴望去见见欧洲的伟大人物，因为我从不同的哲学家的著作中读到：一切动物在美国都退化了，人也在其中。因此，我想，一个欧洲的伟人肯定比美国的更优秀，就像阿尔卑斯山的高峰之于哈得孙高地一样；看到许多英国游客在我们当中那么神气活现、趾高气扬，这种想法就得到了印证，而我深信，这些人在自己国内也只是些微不足道的小人物。我想，我要去造访那块神奇的土地，看看那个巨人种族，而我就是从他们那里退化出来的。

让自己漫游的热望得到了满足，这要么是我的福分，要么是我的厄运。我游历过许多不同的国家，见识了许多人世沧桑的景象。我不敢说自己以哲人的眼光进行过研究，只是像那些风景画的卑微爱好者，从一家画店的橱窗前走到另一家的橱窗前，漫步观看；时而被美妙的描绘所吸引，时而对扭曲变形的漫画注目，时而在赏心悦目的风景前流连。既然现代旅行家们游历时必手执一笔，回家后速写盈箧，已然蔚成风尚，我也乐于拿出几幅来供友人之娱。不过，当我浏览自己为此目的而记下的提示和备忘录之类时，心里却几乎陷于绝望，发现每位意欲著书立说的正规旅游家都会研究的重大目标，却都因散漫的习性而导致自己有所忽略。我担心自己就像一个不幸的风景画家那样令人失望——尽管在欧洲大陆旅游过，但因为任随自己游移不定的脾性，只草草描画了一角一隅和穷乡僻壤。于是，他的速写本里塞满了茅屋、风景和无名废墟，却忽略了要描画圣彼得堡大教堂、罗马大剧场、特尔尼瀑布或者那不勒斯海湾，在整个画集里竟没有一条冰川，也没有一座火山。

航 程

船啊，船啊，漂游在大海中央。

我远远地把你们眺望，

我要前来询问你们，

你们在守护着什么？

又在筹划着什么？

你们的终点和目标在何方？

第一艘漂洋过海做生意，

另一艘留下来守卫海疆，

第三艘满载着财富返航。

嗨！我的幻想啊，你又将去向何方？

——古诗

　　对一个造访欧洲的美国人而言，他不得不经历的漫长航程是一次绝好的准备。暂时脱离了尘世生活和公务杂事，会产生一种特别适宜接受新鲜生动印象的心境。浩瀚的海洋把地球分隔成两半，就像在书中夹进了一页白纸。这绝不是逐渐变化的过程，而在欧洲从一个国家到另一个国家，就是因为这种逐渐变化，不同特色的风土人情几乎会在不知不觉中融为一体。从你离去的故土在视野中消失的那一刻起，直到你踏上另一边的海岸为止，只有一片空阔，然后你即刻就被投入另一个世界的喧嚷和新奇之中。

在陆地上旅行，景物是连续变换的，人物事件也结成一个首尾相连的序列，可以延续那人生的故事，也可以减弱离别分隔之苦。的确，我们在旅途中的每次迁徙，手里都还拉着"一根不断延长的链索"，而这根链索是不会断裂的：我们可以一环又一环地回溯，我们会感到最后一环依然把我们紧紧地和家园维系在一起。可是在空阔的海洋中航行却把我们猛地分隔两方。它让我们意识到自己从稳妥安宁的生活中被抛了出来，漂泊到了一个令人疑虑的世界里。它让我们和家园之间横亘了一道深渊——这道深渊会充满风暴、恐惧和动荡不安，使人感到远在天涯而归期未卜。

至少，我自己的情况就是这样。当我看到故土的最后一抹蔚蓝像天际的一片孤云逐渐消失，我便感到，这个世界和一切有关的事物就像一卷书那样合上了，而在打开另一卷书之前，我有时间来进行一番冥想。此刻我眼前正在消失的这片土地，承载着我人生中最珍爱的一切，在我重返故土之前，它会发生怎样的变迁呢？我自己又会发生怎样的变化啊！当一个人开始出门漂泊的时候，谁能说得清生活变幻莫测的潮流会把他驱赶到何处，什么时候能重返故乡，或者是否有缘重访他曾度过童年的景象？

我前面说，在海上只有一片空阔，对此我要有所修正。对于一个好做白日梦、沉溺于幻想的人来说，在海上航行却充满了可以冥思遐想的事物。而正是深海和天空的种种奇观，渐渐让人的心境抛开尘世杂务。在风平浪静的日子，我喜欢懒洋洋地斜靠着船尾的栏杆，一连几个小时对着夏日宁静的海面沉思；我喜欢凝望那刚刚露出地平线的一堆堆金色云彩，幻想它们是一片仙境，那里住满了我所想象出来的人物；我喜欢观望那轻柔起伏的海面，翻卷起银白的浪涛，仿佛要消失在幸福的海岸上。

我从令人眩晕的高处俯视深海中的怪物粗鲁地嬉戏，心中油然而生一种安全与恐惧相混杂的有趣感觉。成群的海豚围绕船头翻滚；逆戟鲸在海面上慢慢抬起它巨大的身躯；贪婪的鲨鱼像幽灵一样从蓝色的海水里蹦跳而出。我在想象中唤起了自己所听说过的、阅读到的有关海底世界的一切记忆：在深不可测的海谷中漫游的鱼群，潜藏在大海底部的无形怪物，还有充斥于渔夫和水手的故事中的怪诞幽灵。

有时候，遥远的一片孤帆在大海边缘滑过，又会激起另一番漫思随想。世界的这一小块碎片正急匆匆地赶着加入到千万人的生活之中去，是多么有趣啊！它是多么辉煌的一座人类发明的纪念碑啊！它具有一种战胜狂风巨浪的气度；它使天涯海角融为一体；它让人类的福祉互惠，把南方的富饶物产倾注进北方的贫瘠地区；它传播知识的光辉和文明的慈爱；它借此把散落的人类聚集为一体，尽管大自然仿佛在人类之间设置了不可逾越的障碍。

一天，我们看见远处漂流着一个形状不清的东西。在大海上，只要出现任何足以打破周围单调景象的东西，总会引起注意的。原来那是一根桅杆，一定是属于一艘失事船舶的，因为桅杆上还残留着手巾，那是水手们用来把自己拴在桅杆上，以免被海浪冲走。找不到任何可以确定船名的痕迹。这根桅杆的残骸显然已经在海上漂流了好几个月，上面结着一簇簇贝壳，侧面挂着长长的海草。可是，我想，水手们如今在哪里呢？他们的拼死挣扎早已结束，他们已经在风暴的咆哮中沉没，他们的骸骨正躺在海底深渊中慢慢变白、寂静、湮没，就像海浪一样被覆盖，没有谁能讲述他们最后的故事。在这条船后面，曾经飘荡着怎样的叹息！在家中冷寂的火炉旁，曾经响起过怎样的祈祷？情人、妻子、母亲，怎样在每天的报纸里细细搜寻，期盼偶然找到这艘航船的消息！然而，期盼终由暗淡而变成焦虑，焦虑又变为恐惧，恐惧再变成绝望！啊！没有一件纪念品会送回来供亲爱者珍藏爱惜。所能知道的一切，不过是船驶离了港口，"从此杳无音信"！

看见这根桅杆的残骸，就像通常那样，令人心中涌起许多阴郁的逸事。到了傍晚更是如此，这时候本来一直晴朗的天气开始变得阴沉可怖，预示着在夏季风平浪静的航行中会突兀而至暴风骤雨。当我们围坐在船舱里一盏灯的四周时，那暗淡的光线使得阴郁的气氛显得愈发可怖，每个人都讲述了自己沉船遇难的故事。船长讲的一个简短的故事尤其使我感动。

"有一次，"他说，"我驾着一艘坚固的好船驶过纽芬兰岛的海岸。经常笼罩那个地方的浓雾使得大白天也看不清前方的情况。到了夜里雾气更是浓密，在两个船身的长度之外就什么也看不清了。我吩咐在桅杆顶端一直保持光亮，还派了个人一直瞭望前方，当心那些惯常停泊在岸边的小渔船。风吹得啪啦啪啦的响，我们的船穿过海浪疾驰向前。突然，瞭望员惊叫一声：'前面有条帆船！'话音未落，我们就撞了上去。那是一条停泊着的双桅纵帆船，船舷正对我们。水手全都睡着了，忘记要升起信号灯，我们正好端端正正地拦腰撞上了它。撞得那么猛，我们的船又大，一下子把帆船压进了海水里，从它上面驶过，继续向前疾驰。就在帆船四分五裂的残骸在我们的船下沉没的时候，我突然瞥见有两三个半裸着身子的可怜虫从船舱里冲出来。他们刚从床上爬起，就尖声号叫着被浪涛吞没了。我听见风声中夹着他们溺水时的呼叫。一阵狂风刚把呼叫声刮过我们耳边，立即又把它带走，再也听不见了。我永远忘不了那阵哭叫声！我们的船冲得那么快，花了好一阵子才掉过头来，凭着猜测尽可能靠近帆船刚才停泊的地方。我们在浓雾里来回巡航了几个钟头，放了信号枪，仔细倾听是不是有幸存者的呼叫声。然而只有一片沉寂——我们再也看不见他们的身影，听不到他们的声音了。"

我得承认，这些故事有一阵子把我所有的美好想象都打破了。夜色渐深，风也愈加狂暴。大海掀起了巨浪狂涛，阴郁可怖的浪涛声汹涌激荡，起伏回应。从天突降的闪电在泛起泡沫的海浪边沿上颤动，把头顶上的团团黑云撕成碎片，使得随之而来的黑暗显得加倍地可怕。雷声在狂涛巨浪上咆哮，如山的浪涛与之回应，响起了悠长的回声。我看到船摇摇晃晃，一头扎进咆哮的浪涛深谷中，却又奇迹般地再度获得平衡，重新浮出水面。有时候帆桁会淹没在水中，船头也几乎埋到了波涛下面。有时候会有一股激浪冲击过来，眼看就要把船吞没了，但只需把舵轮灵巧地一转，就能避开浪头，平安无事。

我回到船舱里，那可怕的景象却仍然紧随着我。在帆索间呼啸而过的风声，听上去就像是丧礼上的哀泣。船在翻腾起伏的海浪中挣扎航行，船桅在嘎嘎作响，舱壁在苦苦呻吟，这都令人心惊胆战。当我听见浪涛击打着船身的两侧，咆哮声震撼着我的耳膜，就觉得仿佛死神在围绕着这座漂浮的监狱大发雷霆，正在寻找它的猎物：只要有一颗钉子松动，只要出现一条裂缝，死神就会乘虚而入。

然而，接着却是晴朗的一天，波涛不兴，微风习习，所有阴郁的思绪都很快烟消云散。明丽的天气和海上的和风令人心情畅快，其影响力简直无法抗拒。当甲板上扬起所有的风帆，每一面帆都被风满满涨起，船欢快地划破翻卷的波浪前进，它显得是多么高傲，多么威风啊——看起来就像是君临大海的统治者！

我简直可以把海上航程中的奇思妙想写成整整一卷书，因为它几乎无时无刻不在我脑中萦绕——不过现在是登岸的时候了。

那是一个阳光灿烂的早晨，从桅顶传来令人激动的一声喊叫："陆地！"一个美国人第一次看见欧洲，心中顿时激情涌动，这种感觉只有亲身经历过的人才能有所体会。仅仅是"欧洲"这个名称，就足以引人浮想联翩。这是希望之乡，充满了他童年时代听说过的和学生时代默想过的种种事物。

从那一刻起直到登岸时为止，我心中一直激动得如痴如醉。战舰就像巨人卫士沿着海岸巡游，爱尔兰海岬一直伸进海峡，威尔士群山高耸入云——所有这一切都激起我强烈的兴趣。船驶进墨西河的时候，我用望远镜观看河岸。我欣喜地仔细观看带有整齐灌木篱笆和碧绿草地的洁净茅舍，看着一座被常春藤覆盖的颓败教堂的废墟，还看见一座乡村教堂的尖塔耸立在近旁小丘的斜坡上——所有这些景物都具有英格兰特色。

顺潮顺风，船片刻间就靠上了码头。码头上人潮涌动，有些是无所事事的看客，有的人则急切地等待着朋友或者亲属。我能辨认出那个接收船上货物的商人，我是从他眉宇间流露出的精心算计的特征和焦躁不安的神情看出来的。他把两只手插进衣袋里，若有所思地吹着口哨，来来回回走动着。人群给他让出了一块小小的空地，以对他在此刻具有的重要性表示敬意。岸上和船上的朋友之间彼此认了出来，总是会相互不断欢呼致意。我特别注意到一位衣着朴素但举止不俗的年轻女子。她在人群中探身向前，当船靠近岸边的时候，她的眼光急迫地朝船上搜寻，想要找到自己渴望的那张脸。她似乎变得既失望又焦虑，这时候我突然听见有个微弱的声音呼叫着她的名字。那是一个可怜的水手发出的呼喊，他在整个航程中一直生病，激起了船上每个人的同情。天气晴朗的时候，同伴们就在甲板的阴凉处替他铺开一张床垫，不过近来他的病情日益恶化，就只得在吊床上躺着了。他说自己只希望在死前能再见妻子一面。我们驶入内河的时候，大家把他抬到甲板上来，现在正斜靠在桅索上，面容是那么憔悴、惨白和可怕，难怪妻子充满爱意的目光也没能把他认出来。可是她一听到他的声音，目光就紧盯着他的脸，顿时显现出无尽的哀伤。她双手紧握着，发出一声微弱的尖叫，在无言的哀痛中站在那儿绞扭着自己的双手。

现在处处是一片忙乱和喧闹。熟人间在见面交谈，朋友间在相互致意，商人们在洽谈事务。只有我被撇在一边，孤独而闲散。我没有朋友要见面，也没有欢呼可接受。我踏上了先祖的土地——可是我觉得自己在这片土地上是个异乡人。

圣诞节

老迈的、慈祥的圣诞老人走了吗？只留下了他漂亮的白头发和胡子吗？好吧，我就把它们收好，既然我无法得到他更多的东西。

——《圣诞后的呼喊》

圣诞节，你且看，
家家厅堂多欢腾，
炉火压倒冬日寒，
无论老幼皆饱餐。
邻里友好请进门，
人人真心受欢迎，
门外穷人勿责骂，
只因古节又来临。

——古歌

在英格兰最令我愉快遐想的事，莫过于至今尚存的古代节日风俗和乡间游戏了。它们使我回忆起青春年少时常常在想象中勾画的图景，那时候我还只是通过书本去认识这个世界，相信世上的一切就像诗人所描绘的那样；它们无不带有往昔岁月的淳朴风味，或许出于同样的误解，我总是认为那时候的世界比现在更朴实、更友善、更欢乐。很遗憾，这些风俗与游戏正一天天渐趋衰微，被时光一点点消磨殆尽，更被现代时尚湮没得了然无痕。它们就像在乡间各处可见的美轮美奂的哥特式建筑的残迹，部分因岁月荒芜而崩塌毁损，部分因后世的增建改造而面目全非。然而，诗歌却满怀爱意地紧紧依恋着乡村游戏和节日狂欢，从中衍生出了许多题材——这正像常春藤用繁茂枝叶缠绕着哥特式拱门和倾颓的尖塔，把那摇摇欲坠的断垣残壁紧抱在一起，仿佛要以一派葱绿来疗治它们的衰朽，满怀感激地报答它们对自己的支撑。

不过，在所有的古老节日中，圣诞节却能唤起最强烈、最动人心弦的联想。有一种庄严神圣的感情基调融汇在我们的欢乐之中，把精神提升到圣洁崇高的境界。圣诞节期间的教堂仪式极富柔情并激励人心。这些仪式详细讲述关于我们信仰起源的美丽故事，以及牧羊人听到宣告基督降临的情景。[1]在基督降临节期间，宗教仪式逐渐增进热情与悲怆的情绪，终于在为人们带来和平与祝福的早晨达到狂欢的极致。倾听大教堂里全体唱诗班和洪亮的管风琴奏唱圣诞赞美诗，巍峨的大教堂每个角落都充满了欢快和谐的乐声，我感到再没有哪一种音乐能对人的道德情感产生更为宏大深远的影响了。

这个节日原是为了纪念和平与爱的宗教宣告建立，却也从久远之时开始就有一个美妙的安排，使它同时也成了家族成员

---

[1]　《圣经》记载，耶稣诞生之时，伯利恒郊外的牧羊人听到天使向他宣告。

团聚的季节，使由于人世忧乐而逐渐松弛了的亲属间的感情纽带变得紧密起来；把浪迹天涯、天各一方的孩子们召唤回父母身边、会聚在慈爱的家园，在童年珍贵的回忆中重新变得年轻和爱意绵绵。

颇有意思的是圣诞节恰在一年的冬季，这也给它增添了一份魅力。在其他时节，我们大多仅仅从自然之美中获得欢乐。我们的情感在阳光明媚的景物中萌动抒发，我们"漫游田野，无所不至"。鸟鸣婉转，溪水潺潺，春花馥郁，夏日妖娆，金秋华美；大地覆盖着欣欣向荣的绿草，天穹蔚蓝深邃，云海壮丽，无不使我们充满无言的强烈欢乐，使我们享受感官的盛宴而狂欢迷醉。但在隆冬季节，大自然的一切魅力均已消失，被凛冽冰雪包裹得严严实实，于是我们转而向精神源泉汲取欢乐。景色荒凉幽暗，白昼短促阴沉，夜晚一片黑暗，在限制我们游踪的同时也封闭了我们外出漫游的心情，使我们更强烈地渴求社交的乐趣。我们的思想更加专注，我们友善的同情心益发滋长。我们更加敏锐地感受到彼此交往的魅力，因相互依存获得共同欢乐的需要而团结得更紧密。心呼唤着心，从一口口慈爱的深井中汲取欢乐，而这些深井就存在于我们心灵的静谧深处，只要常去造访求取，它们就会奉献出天伦之乐的清醇泉流。

室外漆黑阴郁，所以走进傍晚时分炉火光焰熊熊、暖意融融的室内，心中就会豁然开朗。鲜红的火焰在整个室内营造出一个人造的夏天和灿烂阳光，照得每一张面孔都洋溢着友好的热情。除了在冬天的炉火旁，哪里能见到好客的诚挚面孔显露出更开朗真诚的微笑？哪里能见到爱人羞涩的目光更甜蜜、更意味深长？当冬季沉闷咆哮的狂风穿堂入室，拍打着远处的门扉，在窗棂旁呼啸而过，窜下烟囱呜咽作响，我们以安宁无虑的心情环顾舒适的房间和充满家庭欢乐的景象，还有什么比这更令人心满意足呢？

由于乡村习俗在社会所有阶层中广为流行，英国人对令人愉快地打破宁静乡居生活的各种节日总是特别喜爱；他们过去特别对圣诞节的宗教和社交礼仪信守不渝。读到某些古学研究者描写节日庆典的种种幽默趣事、滑稽表演、放纵狂欢、亲密融洽的情景，即使是枯燥细节的叙述，也令人精神振奋。节日仿佛打开了千家万户的门，也开启了千万人的心扉。它把农民和贵族聚集在一块儿，把各个阶层的人们融进一股欢乐与慈爱的暖流中。在城堡和庄园的古老大厅里，回响着竖琴与圣诞欢歌的声音，餐桌因殷勤款客的丰盛菜肴而不堪重负。哪怕最贫寒的茅舍，为了迎接节庆也挂满了月桂和冬青的绿色装饰——欢乐的炉火从格栅中探出光焰，邀请路过者开门进入，加入炉边闲聊的人群，讲述传说笑话和老生常谈的圣诞故事以消磨漫漫长夜。

现代文明最令人不快的后果之一，就是已对热诚健康的古老节日风俗造成了巨大破坏，把古老习俗美化生活的鲜明特性和精神调剂作用荡涤得一干二净，把社会表层打磨得更加平滑光洁，当然也就更少了些特色。圣诞节的许多游乐和礼仪已经全然消失，就像老福斯塔夫[1]的雪利酒囊一样，成了众多注释家

---

[1] 约翰·福斯塔夫（John Falstaff），莎士比亚的《亨利四世》《温莎的风流娘儿们》剧中人物，一个破落骑士、流氓和冒险家形象。

猜测和争辩的对象。这些习俗在精神充实、体力强健的时代曾经盛极一时，那时人们对生活的享受粗陋简朴，却热诚真挚、充满活力。那些年代粗犷豪放、多姿多彩，给诗歌提供了最丰富的素材，给戏剧提供了最具魅力的各种人物和风情。如今的世界变得更世俗了，恋情放荡多，乐趣欢愉少。欢乐的溪流更宽了，却更浅了，而且已经摒绝了许多幽深静谧的航道，原来它们曾甜蜜地流经家庭生活的安宁怀抱。社会被涂抹上一层更文明更优雅的色调，却丧失了许多强烈的地方特色、乡土感情、纯真的家庭欢乐。淳朴的古代传统风习、封建时期的慷慨好客、王公贵族的酒宴欢歌，也随着举行庆典的贵族城堡和华丽庄园一起消失了。它们同幽暗的大厅、巨大的橡木走廊、装饰着帷幔的起居室和谐一致，却与现代别墅里轻俏华丽的沙龙和鲜艳花哨的客厅不相协调。

尽管现在圣诞节似乎已经消减了古老节日的光彩，但在英国，它仍然是一段愉快兴奋的日子。看到在每一个英国人心中占据如此重要位置的家庭感情被完全激发起来，令人颇感欣慰——到处都在为宴饮亲朋做准备，要让大家再次团聚；高兴地馈赠和回赠礼物，象征着敬意，促进着友情；房屋和教堂处处插上常绿植物，那是和平与欢乐的标志——所有这一切都具有最令人愉快的效力，激发起慈爱的同情心。甚至沿街唱圣诞颂诗的人的歌声也许难听，但在冬天的午夜突然响起，也会产生完美和谐的效果。当我在"人们正深沉入睡"的静谧肃穆时刻被这歌声唤醒，怀着静默的喜悦倾听着，联想到这个神圣欢乐的时节，我几乎把这歌声想象为另一种向人类宣告和平与美好祝愿的仙乐了。

当想象力受到这种精神影响的激发，从而把万事万物都变为和谐完美，这是多么愉快啊！在乡村的一派深沉寂静之中，有时会听见雄鸡的鸣叫声在"向母鸡报时"，人们认为这是在宣告这一神圣节日的来临：

> 有人说到了那个时节，
> 我们欢庆救世主诞生，
> 报晓鸟总会彻夜长鸣，
> 那时节，人们说，没有鬼魂敢出没；
> 夜间很安宁——没有行星带来厄运，
> 没有妖精来显灵，没有女巫能迷人，
> 那时节，一切美好蒙神恩。

当祝福的呼声笼罩着这个时节，使人精神活跃、爱心涌动，谁能无动于衷？的确，这是个使人感情重新焕发的季节——不仅殷勤好客的大厅里炉火熊熊，而且真诚慈爱的烈焰也在人们心中燃烧。

早年的爱的景象越过岁月的荒漠，又在记忆中显现出葱绿；家园之思中充满天伦之乐的芬芳，使颓丧的精神重新昂扬；犹如阿拉伯的微风会时时给沙漠中倦怠的朝圣者送来远方田野的新鲜气息。

我在这个国家仅仅是陌生人和匆匆过客——尽管没有围炉交谈的火焰为我燃烧，没有好客的家庭为我打开大门，也没有人在门口温暖友好地紧握我的手表示欢迎，但从周围人们欢乐的神情中，我感受到了节日的气氛像阳光一样照进我的心灵。

确实，幸福也像阳光一样可以反射；每一张焕发笑容、洋溢着纯洁欢乐的脸，就像一面镜子向别人射出至高无上、永远辉耀的慈爱的光芒。有的人会对同胞的幸福粗鲁地掉头不顾，当周围的人们喜气洋洋时，他会在黑暗中孤坐着，满怀怨愤；他也许有时会激情洋溢、自得其乐，但他却缺少构成欢乐圣诞魅力的那种亲切友好、与人共鸣的同情心。

驿 车

人尽欢畅

抛却忧愁

此时勿读书。

时光可贵

一去不返

此时且尽欢。

——古老的节日校歌

在前面的一篇文章里，我写下了对英格兰圣诞节的某些概括的观察，现在我有意记录在这个国家过圣诞节的一些见闻以作实例。在阅读这些见闻的时候，我殷切希望读者抛开理智的严峻，怀抱真正过节的心情，能容忍胡闹狂欢，只求娱乐消遣。

十二月，我在约克郡旅行，圣诞节的前一天，我坐上一辆公共马车开始一段漫长的旅程。车厢里外都挤满了乘客，听他们交谈，好像大都是赶往亲友家去赴圣诞晚宴的。马车也满载了装着礼物的筐子，盛着珍馐美味的篮子和盒子；车夫座位边还吊着些野兔，长长的耳朵在晃荡着，这些都是远道前往的朋友们为即将到来的宴会准备的礼物。车厢内的旅伴中有三个面颊红润的漂亮男孩，正像我在这个国家所见到的男孩子们那样身体健壮、富于男子气概。他们正兴高采烈地回家去度假，正期盼着能尽享无穷的欢乐。听着这些小家伙谈论自己寻欢作乐的宏伟计划，在从书本、教鞭、教书匠可恨的奴役下解放出来的六个星期里将要实现的不切实际的丰功伟业，我不禁颇感兴趣。他们急切盼望见到家人和家里的一切，直到猫和狗；他们想象着把塞满口袋的礼物送给姐妹们时，会有多么快乐；不过，他们最迫不及待地想要见到的是"班顿"——我发现那原来是一匹小马驹，而根据他们的谈话来看，从亚历山大大帝的战马布斯费拉斯算起，班顿具有的优点超过了任何骏马。你看它怎样碎步小跑！你看它怎样撒蹄奔驰！它还能那样跳跃——简直就没有哪一道篱墙它不能一跃而过！

他们受到车夫的特别关照，一有机会就要问车夫一大堆问题，还宣称他是全世界最好的人之一。的确，我也不禁注意到车夫那超乎寻常的忙碌而自傲的神气。他的帽子朝一边稍稍倾斜，上衣纽扣洞里插着一大束圣诞冬青枝叶。他从来就是一位担负众多操劳和重大事务的大人物，而每逢这个季节他就更是如此，因为他身负重任，有如此多的礼物要相互传递。我在此简略描写一下这位车夫，把他作为这类人数众多而又举足轻重的从业人员的一般代表——一般不出门旅行的读者不会不接受吧——他们有自己独特的、流行于同行中的服装、做派、语言和神态，因此无论在什么地方看到英国的公共马车夫，都不会把他错认为从事任何别的行业技艺的人。

他长着一张平常的圆盘大脸，布满引人注目的红色斑纹，仿佛因为过度饮食而把血液压进皮肤的每条血管里去了。因为经常喝麦芽酒，他的身躯可笑地鼓胀着，加之穿了许多层衣服而更显臃肿，就像一棵被密密包裹着的花椰菜，最外面的那件大衣一直拖到脚后跟。他戴着宽边低顶的帽子，脖子上的彩色围巾裹成一大团，时髦地挽了一个结，塞在前胸里；在夏季他会在纽扣洞里插一大束花——很可能是他倾心的某个乡下姑娘送给他的礼物。他通常穿着浅色调带条纹的背心，里面的衣服会一直拖到膝盖以下，连接着半腿高的一双马靴。

　　这全副装扮会保持得精确无误。他会因为穿着质地考究的服装而自鸣得意；他尽管显得粗俗，却仍然看得出一个英国人几乎与生俱来的那种整洁得体；他一路上受人尊重敬仰，不断有乡村主妇们和他攀谈，把他看作非常值得信赖和依靠的人，而他同每一个长着明亮眼睛的乡村姑娘也关系友好。一到该换马的地方，他颇为矜持地把缰绳一抛，把马匹交给旅店的马夫去照料；他的职责只是把马车从这个驿站驾到下一个驿站。他一跳下驾驶座位，就把两只手插进大衣口袋，带着一副高傲之极的派头在旅馆院子里闲逛。他身边总是围绕着一群崇拜者——马夫啊，马厩小工啊，擦靴匠啊，还有那些充斥于小旅店酒馆的形形色色的人物——跑腿的、干各种零活儿的、靠厨房酒吧的残羹剩炙过日子的。这些人都把他尊崇为神明，把他的行话切口牢记在心里，在他谈论马匹和念叨马经时随声附和，尤其是对他的神情举止都极力仿效。每一个小混混，只要还能穿一件衣服，都会把双手插进口袋，学他的步态走路，学他的粗俗行话，仿佛都是正在孕育之中的车夫。

　　或许因为自己的心情充满了愉悦平静，我觉得在整个旅程中看见每一张脸都洋溢着欢乐。不管怎么说，一辆公共马车总是满载着活泼生机，它向前疾驰的时候也带动了整个世界。在进入一个村庄时响起的号角声总会激起一片忙碌。有人急忙上前来迎接朋友；有人忙着找地方放置箱包行李，因为一时匆忙而没能和陪送的人们话别。与此同时，车夫却有一大堆琐事要处理。有时候他要交送一只野兔或者野鸡；有时候他会把一个小包或者报纸扔到酒馆的门口；有时候他会带着狡狯的眼神或者说句别有深意的话，递给某个半带娇羞笑着的女仆一封乡下爱慕者写来的古怪情书。驿车从村边辘辘驶过，每个人都会跑到窗前，于是处处都会瞥见乡下人饱满红润的面庞和咯咯发笑的花季少女。街角处总是聚集着村上的一伙闲汉和有见识的人。他们守在自己岗位上的重要目的是要看着旅客们经过。不过最有见识的那伙人通常是待在铁匠铺里，驿车经过会引得他们浮想联翩。铁匠膝上放着马蹄铁，驿车疾驰而过的那一刻他会暂时住手；围在铁砧旁的西克罗普[1]们手中铿锵作响的铁锤也会停下，任由通红的铁块冷下来；头戴牛皮纸帽、奋力拉风箱的那个满脸煤灰的鬼怪，也会靠在风箱拉柄上歇一歇，让那患气喘病的机器长长舒一口气，他会透过铁匠铺浓重的烟雾和含硫的火光瞪大眼睛往外张望。

或许因为即将到来的节日给乡村带来了异于平日的生气，我觉得似乎每个人都容光焕发、喜气洋洋。在村子里，野味家禽和其他种种珍馐美味的交易很是兴旺；杂货铺、肉铺、水果

---

[1] 西克罗普（Cyclops），古希腊神话中的独眼巨人族，担任火神的铁匠。

铺里顾客盈门；家庭主妇们都忙里忙外，把屋子收拾整洁，缀着鲜红浆果的闪闪放光的冬青树枝也出现在窗口上。此情此景让人想起一位古代作家对圣诞节准备活动的描写："阉鸡、母鸡，外加火鸡、鹅鸭，还有牛和羊——它们都必须死去——因为在十二天里成千上万的人们要吃下的可不是一点点。梅子、香料、糖和蜂蜜都要调进馅饼和肉汤里。马上要给乐器调好音，因为年轻人得跳舞唱歌来把身子弄暖，而老年人则可以坐在火炉旁。乡村女仆离开市场走到半路上又被吩咐再回去——假如她忘了买一副圣诞夜用的扑克牌。不管说话算数的是老爷还是太太，为了冬青或者常春藤的事总会争吵不休。掷色子和打扑克会让管家颇有收益——如果厨子不笨，他也会有手气好的时候。"

小旅伴们的一阵喊叫声把我从联翩思绪中唤醒了。在快到家的最后几英里路上，他们一直从车窗往外张望，辨认着每一棵树，每一座茅屋，现在一齐欢呼起来："那是约翰！那是老卡洛！那是班顿！"这些快乐的小家伙一边喊叫着，一边拍着手。

一条小路的尽头站着一个身穿制服、神情庄重的老仆人，正在等候他们；伴在他身边的是一条老迈的猎狗，还有那令人敬畏的班顿——一匹老瘦的矮种马，鬃毛粗乱，长着铁锈色的长尾巴；它静静地站在路边打着盹儿，完全没想到会有好一阵忙乱等待着它。

几个小家伙喜滋滋地围着那个稳重的老仆人蹦蹦跳跳，又钟爱地拥抱着那条猎狗，使它高兴得浑身扭动，我看到这一切不禁心中油然而喜。可是班顿才是孩子们最感兴趣的对象，每个人都想立刻骑到它背上去，约翰费了好大的劲儿才安排好他们按顺序骑马——年龄最大的最先骑。

他们终于起程了：一个骑在马上，猎狗在马前边叫边往前冲，另外两个牵着约翰的手，马上打开了话匣子，连珠炮似的问他家里的事情，讲学校里的趣闻。我望着他们的背影，心中涌起的不知是欢快还是忧郁，因为这让我想起了往昔的时光，那时候我也像他们一样无忧无虑，放假就是世界上最快乐的事。后来我们停留了一会儿让马喝喝水，接着就继续赶路，道路拐了个弯，眼前出现了一座整洁的乡村别墅。我隐约看见门廊里有一位太太和两个少女的身影，还看到我的小旅伴们和班顿、卡洛以及老约翰一起沿着车道前行。我探身到车窗外，希望目睹欢聚的场面，可是一丛小树挡住了我的视线。

傍晚时分，我们到了一个村子，我原定在那里过夜的。驿车一驶进旅店的大门，我就看见一侧的厨房窗口里闪耀着令人振奋的熊熊火光。一走进去，我不禁第一百次地赞叹英国旅店厨房的那一幅舒适、整洁、宽敞和令人愉悦的图画。厨房的空间很大，四周悬挂着擦得锃亮的铜锡器皿，处处装点着圣诞节的青枝绿叶。天花板上垂吊着火腿、熏舌、腌肉；一架烤炙机在火炉旁不停地发出铿锵声；一架时钟在屋角里嘀嗒作响。厨房的一边摆着一张擦洗得干干净净的松木桌子，桌上放着一块圆形的冷牛肉和其他各种美味佳肴，高高挺立的两只泛着泡沫的啤酒壶就像两个守卫在站岗。不那么懂规矩的旅客正在准备向这顿盛宴美餐发起攻击，而另一些人则坐在火炉旁的橡木高背长靠椅上，一边喝着啤酒，一边抽烟、聊天。收拾得很整齐的女仆们在一位精神饱满、忙忙碌碌的女店主的指点下，来去匆匆地干着活儿，不过间或还是能同火炉边的那群人说上一句俏皮话，或者笑闹一番。这种情景可谓逼真再现了可怜的罗宾对冬至时节舒适生活的朴实想象：

> 树木脱下枝叶茂密的帽子，
>
> 向冬季的闪闪银发致敬；
>
> 漂亮的女主人，欢乐的男主人，
>
> 有一壶啤酒，一块烤面包，
>
> 有烟草，还要有熊熊炉火，
>
> 在这个季节，这些东西不能少。[1]

我进旅店不久，又有一辆驿车驶到门口。一个年轻人下了车，我借着灯光看见一张似曾相识的面孔。我走上前去想近距离地看看，这时他的目光和我相遇了。我没看错，他正是弗兰克·布雷斯布里奇，曾与我在欧洲大陆结伴旅行的一位生气勃勃、性情和善的年轻人。再次相见非常亲切，因为昔日旅伴的面容总是会令人回忆起许多快乐的情景、奇特的冒险和绝妙的玩笑。在旅店短暂的会晤是无法叙谈这一切的；他发现我时间并不紧迫，只是要做一次观光旅行，于是坚持要请我到他父亲的乡间别墅住上一两天，而他也正要去那儿度假，况且那儿距此也只不过几英里而已。"这要比你孤孤单单地在一家旅店吃圣诞晚餐好一些，"他说，"我保证你会得到带有盎然古风的

---

[1] 引自《可怜罗宾的历书》（*Poor Robin's Almanac*，1684），该书是英国从1662年到1828年出版的一本滑稽风格的历书。

热忱欢迎。"他的话很有道理，令人信服；我不得不承认，看到人们都在为普天同庆、万民欢乐的节日做准备，不禁油然而生一缕难以忍受的孤独感。于是我立即接受了他的邀请，驿车驶到门前，片刻间我便在前往布雷斯布里奇家宅的路上了。

圣诞夜

圣弗兰西斯和圣本尼迪特啊，

保佑这个人家不受邪恶侵害，

没有梦魇也没有妖怪，

小精灵罗宾[1]也不来祸害。

让他们避开一切邪恶精灵，

令妖精、黄鼠狼、老鼠和白鼬远离：

从晚钟响起，

直到天明时。

——卡特赖特[2]

那是个月色皎洁的夜晚，却又极其寒冷。我们的马车在结冰的地面疾驰着，车夫不断地挥舞着鞭子，有时候几匹马简直就在飞奔。"他明白自己要上哪儿，"我的同伴大笑着说，"所以急切地想准时赶到，去参加仆役厅里寻欢作乐的活动。

---

[1] 小精灵罗宾（Robin Goodfellow），英国民间传说中的一个顽皮的小精灵。

[2] 威廉·卡特赖特（William Cartwright, 1611—1642），英国诗人。

你知道，我父亲是个冥顽不化的老派的人，总以恪守古老英国的好客礼俗而自豪。你现在已经很难遇到纯粹的英国旧式乡绅，而他倒可以算是一个够格的典型了。因为富有人家往往很多时候都生活在城里，流行时尚又大量传入乡间，所以古代乡村生活强烈而丰富的特点几乎消失殆尽。不过，我父亲从早年起就把可敬的皮赞姆[1]而不是切斯特菲尔德[2]的著作当作自己的教科书。他坚信，没有什么生活能比一个乡绅固守祖传故土更荣耀，更可羡慕的了，因此他决定要在自己的田庄上度过一生。他坚持不懈地倾力复兴古老的乡村游艺和节日庆典，并深入钻研那些探讨这一主题的作家的著作，无论是古代的还是现代的。确实，他最喜欢阅读的是那些活跃在至少两个世纪之前的作家；他坚持认为这些作家的写作和思考比后继者更像真正的英国人。他有时候甚至遗憾自己没有早出生几百年，那时的英国人还保持着本色，具有其特有的风度和习俗。因为他居住在僻远的乡间，远离通衢大道，周围又没有堪与匹敌的乡绅，所以他享有英国人最令人艳羡的所有福分，得以不受干扰地随心所欲行事。他作为这一带最古老家族的代表，而大多数农民又是他的佃户，所以很受尊敬，人们对他的称呼通常也只是'老爷'——那是久远以来对一家之主的称呼。我想最好还是先让你对我可敬的老父略有了解，对他的种种怪癖有所准备，否则你会觉得有些荒唐可笑。"

我们有一阵沿着一处花园的围墙行驶，最后马车在大门

---

[1] 英国诗人皮赞姆撰写过讲述礼仪的专著《绅士全书》。

[2] 切斯特菲尔德（Philip Chesterfield, 1694—1773），国政治家、作家。

前停下来。大门是厚重而豪华的古老式样，镶着铁条，顶部有奇异的图纹和花饰。支撑着大门的方形巨柱的顶端刻着家族的盾形徽记。紧挨着大门的是看门人的小屋，被幽暗的枞树覆盖着，灌木丛几乎把它完全遮掩了。

车夫拉响硕大的门铃，铃声在寂静的寒风中震响，远处有几只狗应声叫了起来，看来宅邸是由看家狗护卫着。一个老妇人随即出现在门口。因为月光明亮地照着她，我清楚地看见那是一位个子瘦小、模样老派的女人，衣着是最古朴的式样，围着一条整洁的头巾，穿着胸衣，雪白的便帽下露出几绺银发。她谦恭有礼地走上前来，说了许多见到少爷很高兴之类的话。看来她丈夫正在仆役厅里张罗着圣诞夜的事——缺了他可不行，因为他是全家上下最擅长唱歌和讲故事的人。

我的朋友建议下车步行，穿过花园到大厅去，因为路途并不很远，而让马车跟在后面。我们沿着一条美丽的林荫道曲折前行，月亮在澄净无云的苍穹中巡游着，透过道路两旁光秃秃的树枝闪耀着明亮的光辉。旁边的草坪上覆盖着一层薄薄的雪，月光照射在霜花似的雪片上，有些地方便发出熠熠光芒。可以看见远处有一层稀薄而透明的水汽从低洼的地面飘浮起来，好像会慢慢地把大地包裹起来。

我的同伴激动地环顾着四周，说："当年在学校放假回家的时候，我常常蹦蹦跳跳地跑上这条林荫道！孩童时代我常常在这些树下面玩耍！我对它们怀有某种程度的孝敬之心，就像仰望着童年时代曾抚爱过我们的人一样。我父亲对我们的假期安排总是一丝不苟，在家庭的节庆日一定要我们待在他身边。他常常指导和监督我们游玩，那种严格程度就像有些父母督察子女读书一样。他特别要求我们按照原初的方式去玩古老的英国游戏，对每一种游戏，他都要参阅古籍查找先例，引经据典。不过我敢保证，再没有什么学究气比这更让人愉快的了。这位好心的老绅士的用心，就是要让他的孩子感到家庭是世界上最快乐的地方。我珍惜这种美妙的家庭感情，把它视为做父母的所能赐予的最珍贵的礼物之一。"

一阵狗吠声打断了我们的谈话，那是一群种类不同、体形不等的狗——杂种犬、幼犬、猎犬，以及各种劣种犬，它们被门房的铃声和辘辘的车轮声所惊扰，张开了嘴，穿过草坪冲了过来。

"这些小狗——特雷、布兰奇、小甜心——瞧啊，它们都朝我叫呢。"[1]布雷斯布里奇高喊着，一边大笑。一听见他的声音，狗吠声立刻变成了快乐的猖猖声，瞬间他就被这些忠诚的动物包围起来，几乎被它们那股亲热劲压倒。

现在我们面前展现着这座古老宅邸的全貌：它的一部分隐没在浓密的阴影中，一部分则被凄冷的月光照亮。这座建筑规模很大，却并不规则，似乎是由不同时代的建筑组合而成的。一翼的房屋显然非常古老，带有粗重石柱的弧形窗户向外突出，上面爬满了常春藤，在浓密的枝叶之间，一片片小块的菱形玻璃窗在月光下闪闪发亮。建筑的其余部分带有查理二世时期的法国建筑风味，我的朋友告诉我，一位在复辟时期随国王从法国归来的祖先对这所房子进行过维修和改造。房屋四周的地面也按照古代的风格进行了设计，有人工花圃、修剪过的

---

[1]　此句引自莎士比亚的《李尔王》第三幕第六场。

树丛、垫高的台地，还有沉重的石头栏杆，装饰着一些花盆，一两个铅灰色的雕像，以及一处喷水池。据说老绅士特别留意要把这种老式的精美风貌原封不动地保存下来。他赞赏这种园林风格：它具有一种华贵的格调，优雅而高贵，符合古老望族的气派。现代园林艺术夸耀对自然的模仿，乃源于现代共和观念，却不适合于君主政体，它带有平等制度的意味。听到这种把政治引入园林艺术的观点，我禁不住微微一笑，也对老绅士多少有些褊狭的信条表示出一点担心。不过弗兰克向我保证，他听见父亲搅和政治问题也就仅此一例，他相信父亲是从一位同他共处了几个星期的国会议员那里获得这种观念的。他那些修剪过的水松和整齐的台地曾不时受到现代园林师的抨击，所以老绅士听到任何为之辩解的言论都会感到高兴。

我们走近屋子的时候，听到从建筑的一端传来音乐声，还不时爆发出阵阵哄笑声。布雷斯布里奇说，那一定是从仆役厅传来的。在圣诞节期间整整十二天里，老爷允许甚至鼓励他们在里面狂欢作乐，只要做每件事情都能符合古制。这里依旧保存着捉迷藏、钉马掌、蒙眼摸人、偷面包、咬吊着的苹果、抓龙之类古老的游戏；圣诞劈柴和圣诞蜡烛依旧按照规矩燃烧着，装饰圣诞节的带白浆果的冬青也挂起来了，让漂亮女佣们个个觉得危险迫在眉睫。[1]

仆人们玩游戏太专心了，我们反复按了几次铃他们才听见。老爷一听说我们到了就出来迎接，另两个儿子陪同在他身

---

[1] 小伙子们每次摘下一颗浆果就有权在圣诞冬青下面亲吻姑娘们，直到浆果被摘完，特权即告终止。——原注

边——一个是请假回家的年轻军官，一个是刚毕业的牛津大学学生。老爷是位相貌堂堂、体格健壮的老绅士，几绺银白的鬓发围绕着开朗而红润的面庞。观相学家如果像我一样有幸预先了解到他的一星半点情况，有可能从他的相貌上发现奇思怪想和仁厚慈爱两种成分的奇异混合。

家人相见显得温暖而深情。因为时间已近入夜，老爷不让我们换下行装，立即就要带我们去见聚集在一个老式大厅里的许多人。其中包括了庞大家族中为数众多的不同支系，有通常的老年叔伯姑姨，有婚嫁得宜的太太们，有年老色衰的老姑娘，有正当花季的乡下姑表姐妹，有羽毛未丰的小伙子，还有读寄宿学校的双眼闪亮的顽皮女孩。他们各自在忙着自己的事：有的正在玩牌，有的围着火炉在闲谈，在大厅的一端有一群年轻人，当中一些将近成年，另一些还处于稚嫩的青春时期，正全神贯注地玩着一种快乐的游戏。地板上堆满了木马、小喇叭、撕破了的玩偶之类，显示出有一群调皮的小精灵欢乐嬉戏了一整天，现在已经被打发去安安静静地睡觉了。

在年轻的布雷斯布里奇同亲戚们相互致意的时候，我趁机把室内仔细打量了一番。我之所以把它称为大厅，是因为往昔它想必就是这样。老爷显然曾经竭力要恢复它原初的面貌，向前突出的厚重壁炉上方悬挂一幅画像，画中是一个全副甲胄的武士伫立在一匹白马旁边。对面墙上则悬挂着一副头盔、圆盾和长矛。大厅一端的墙上嵌着一对巨大的鹿角，鹿角的枝丫作为钩子挂着帽子、鞭子和马刺；墙角里堆放着鸟枪、渔竿和其他渔猎用具。家具大都是些旧式的笨重的手工制品，不过也增添了几件现代舒适实用的东西，橡木地板上也铺了地毯。所以，大厅的总体面貌是起居室和客厅的奇怪结合。

　　宽大突出的壁炉已经拆掉了铁炉栅，以便烧木柴，炉膛中央有一段大圆木正在熊熊燃烧，发射出巨大的热气和光焰。我知道这就是圣诞柴，是老爷遵照古代风俗特意搬来，好在圣诞夜里烧的。

　　我看到老绅士坐在他家传的扶手椅上，旁边是温暖的祖传壁炉，像太阳环顾众星一样望着周围的人们，把温暖和欢乐送到每个人心里，确实有种愉快的感觉。甚至在他脚下伸展身体躺着的那只狗，每当他懒懒地挪动一下位置和打个哈欠，也会深情地抬起头来望望主人的脸，挨着地板摇摇尾巴，因为信任主人的慈爱和保护，便又伸展四肢重入梦乡。从他心底弥漫出真诚的好客之情，虽然难以言传，却可以直接感觉到，即刻能使陌生客人变得从容自如。我并没有在这位可敬老骑士的舒适壁炉旁坐多久，就有宾至如归之感，仿佛自己就是他们家中的一员。

　　我们到达之后不久，就听说晚餐时间到了。晚餐摆在一个宽敞的橡木房间里，房间的板壁打了蜡，光彩熠熠，墙壁上挂着几幅家人的肖像，用冬青和常春藤装饰着。除了惯常的灯光外，还有两支被称作圣诞蜡烛的绕着绿色枝叶的大蜡烛，插在家庭常用盘碟中间一个锃亮的烛台上。餐桌上摆放着非常丰盛的菜肴，但老爷却以香甜牛奶麦粥为晚餐，那是用牛奶煮小麦片再加上很多调料制成的，是旧时圣诞夜的一道标准的常备餐。

　　在主菜上完之后，我很高兴地看到又来了一位"老朋友"——碎肉馅饼。我发现这道菜绝对正统，所以无须为自己的偏好而羞耻，便像通常迎接一位可敬的老相识一样热情地欢迎它。

有一个古怪的人用幽默的表现大大增添了大家的欢乐，布雷斯布里奇先生总是用"西蒙少爷"这个奇怪的称呼来叫他。他长得矮小精悍，一副十足的老光棍的神气。他的鼻子就像鹦鹉的尖嘴，脸上长着几粒麻点，还有一块永不褪色的干红斑，好像秋天被霜打过的一片树叶。他的目光敏锐而活泼，隐含着一种令人忍俊不禁的滑稽可笑的神情。他显然是家族中的才子，常常和女士们开些隐晦曲折、旁敲侧击的玩笑，反复谈论一些老话题来激起大家无限的欢乐。不幸的是，因为我对这个家族的历史一无所知而无法欣赏。晚餐时他邻座有一位年轻姑娘，尽管她很惧怕满面怒容地坐在对面的母亲，西蒙还是一直逗得她拼命忍住才没大笑出来，而他自己却从中感到极大的快乐。的确，在座的年轻人都把他视为偶像，他的一言一行，他表情的每一次变化，都会引起他们的一阵哄笑。我对此并不奇怪，因为在他们眼里他肯定是位才艺超群的人物。他会模仿木偶剧里的角色潘趣和朱迪，能用一只手再加上一个烧焦了的木塞和一张手帕做出一个老太婆的形象，又能把一个橘子切成怪异好笑的形状，让一帮年轻人笑得差点断了气。

弗兰克·布雷斯布里奇给我简述了他的身世。他是个老单身汉，有一笔微薄的收入，只要精打细算倒也足以维持生计。他在这个大家族中转来转去，就像一颗流浪的彗星在轨道上运行，时而拜谒这一支亲戚，时而又走访另一门远亲，这正是英国那些亲戚多而钱包小的绅士们通常的境况。他生就一种活泼健谈的性情，总是能欣赏眼下生活的乐趣；因为他的见识和交游甚广，所以没有沾染上一般老鳏夫常被人挑剔指责的那些迂腐偏执的脾性。他简直像一部家族编年史，熟知整个布雷斯布里奇家族的谱系、历史和通婚情况，这使他很受老年人的宠信。在所有年长的太太们和年老色衰的老处女眼中，他是个花花公子，这些女士总认为他还算得上是年轻小伙子，而在孩子们当中他又是寻欢作乐的大师。因此，在他往来活动的范围之内，没有人比他更受欢迎了。近年来他几乎全住在老绅士这儿，成了他的当差，以风趣地谈古忆旧或者哼唱一两句适合各种场合的老歌曲来博取老人的欢心。他后面这种才能眼前就有一个例证。晚餐刚一撤下，圣诞节喝的香料酒和其他饮料刚端上来，西蒙少爷就被召唤来唱一首美好的古老圣诞歌了。他略一思索，接着就双眼发光，用颤音唱出一首古老的小调，嗓音绝对不差，只不过间或会变为假声，像一支破芦笛的声音：

　　　　圣诞节已经来临，

　　　让我们把鼓敲响，

　　请左邻右舍光临，

　　　　等他们一齐登场，

　　　让我们纵情欢乐，

　让风雪寒冷跑光……

　　晚餐让大家兴高采烈，接着又从仆役厅里招来一个弹竖琴的老头，他整个晚上都待在那儿胡乱弹奏着，看来也一直在享用老爷的家酿美酒。有人告诉我，他在邸宅里类似食客，尽管表面上是本村的居民，其实他在老爷厨房里吃喝的时候比在自己家里还要多，因为老绅士喜欢听"大厅里演奏竖琴"。

这时候跳的舞就像晚宴后的大多数舞蹈那样，是一种欢快的舞。一些年龄比较大的人也参加进来，老爷也和一个舞伴跳了几曲双人舞。他肯定地说，将近半个世纪以来自己每个圣诞节都同这位舞伴共舞。西蒙少爷似乎是连接新旧两个时代的环节，不过舞姿多少倾向于老旧风味。他显然对自己的舞技很自负，竭力用脚跟脚尖舞、里格顿舞和其他一些老派优雅舞蹈来博取荣誉；但他不幸和一个寄宿学校的顽皮姑娘配对，她活泼而野性，弄得他极度紧张，使他表现优雅舞姿的企图彻底破灭——老派的先生们常常不幸遇到这种配对不当的情况。

那位年轻的牛津大学毕业生则正相反，他领着未出嫁的姑母中的一位与他共舞。这个淘气鬼对她耍了许多可以不受惩罚的小滑头。他最喜欢恶作剧，以逗弄姑母和表妹为乐事。不过，就像一切鲁莽的年轻小伙子一样，他也得到女性的普遍宠爱。舞会中最有趣的一对是那位年轻军官和受老爷监护的一位十七岁的爱脸红的漂亮姑娘。在当晚我几次注意到她那羞涩的流盼，由此猜想他们之间正在萌生一点柔情蜜意，而那位年轻军人也确实是那种能迷住一位浪漫姑娘的英雄。他身材修长，相貌英俊，并且像近年来大多数英国青年军官一样，在欧洲大陆学会了各种各样的雕虫小技——他能讲法语和意大利语；会画几笔风景画；歌唱得蛮不错，舞也跳得相当好。不过尤其重要的是他曾经在滑铁卢负过伤。一位熟读诗歌和浪漫故事的十七岁的姑娘，哪能抗拒这样一位兼备骑士精神和完美才艺的象征人物啊！

舞会刚一结束，他就抓起一把吉他，懒懒地靠着古老的大

理石壁炉，以我多少觉得做作的姿态弹起法国游吟诗人的一支
小曲。可是老爷却宣称圣诞夜除了英国古老的好歌曲之外不能
有任何别的歌曲。年轻的游吟诗人听到这番话，眼光往上看了
片刻，似乎在努力回忆，然后改为另一首歌，以一种迷人的风
流神态唱起赫里克[1]的《献给朱丽亚的夜曲》：

> 她的双眼像萤火引着你，
> 天上的流星伴随你，
> 　　小精灵的眼睛
> 　　也闪着亮光，
> 就像火花一样，前来亲近你。

> 没有磷火照错你的路，
> 没有毒蛇蜥蜴来咬你。
> 　　走啊，走你的路，
> 　　片刻也别停留，
> 因为没有鬼魅来吓唬你。

> 别让黑暗阻拦你，
> 尽管月儿在沉睡，
> 　　夜晚的星星，

---

　　[1] 罗伯特·赫里克（Robert Herrick, 1591—1674），英国诗人、
牧师。

会借给你亮光，

就像明亮的烛光数不完。

然后，朱丽亚，让我向你求爱，

就这样，就这样走到我面前，

当我触到你

白银似的双脚，

我的灵魂将涌进你的身体。

　　这首歌有意无意间是向美丽的朱丽亚传情的，因为我发现他的舞伴正是叫朱丽亚。不过她并没有察觉到这种含义，她对唱歌的人根本就没有瞧上一眼，一直低垂目光盯着地上。的确，她的脸上泛起了美丽的红晕，胸脯也在微微起伏，不过所有这一切无疑是跳舞的运动引起的。她确实是那么无动于衷，竟然把一捧温室培育的美丽花束一片片摘下来取乐，到歌唱完的时候，花束已经一片狼藉地躺在地板上了。

　　晚会因为夜深而结束了，人们遵循温情的古老习俗握手告别。在穿过大厅回卧房的路上，圣诞劈柴的余烬还仍然放射着暗淡的火光，假如这不是"幽灵也不敢外出"的时刻，我倒想半夜溜出房间，窥视一下小仙女们是不是在火炉边狂欢呢。

　　我的卧房位于这座邸宅的旧建筑那一端，室内的笨重家具大概是远古时期制作的了。房间檐口的镶板刻着繁复的花饰，是花朵和奇形怪状的面孔交织成的图案，一排色彩阴郁的肖像画里的人物悲哀地从墙上凝望着我。一张床上铺着富丽但已褪色的锦缎，架着高高的顶盖，放在正对一面弧形窗户的凹壁里。

我刚上床就听到窗下似乎响起了一缕音乐声。我侧耳细听，发现是一个乐队在演奏，这肯定是附近某个村子里的流浪乐手。他们围着这座建筑转圈，在窗户下演奏乐曲。我把窗帘拉开，想听得更清楚。月光从窗户上方泻下，照亮古色古香的房间里某些地方。音乐声渐渐远去，变得更加轻柔而缥缈，仿佛与那一派静谧以及月光融为一体。我听着听着——音乐声变得愈发轻柔邈远，当它渐渐消逝，我便把头深深埋进枕里，沉沉睡去了。

圣诞日

黑暗而沉闷的夜晚，从此飞逝，
给这个日子赋予荣耀，
让十二月向五月转变。

为何凛冽的冬日清晨，
像丰饶的玉米田般微笑？
又像新剪过的草地
突然散发清香？快来看啊，
为何万物都变得这样芬芳？

——赫里克

　　当我第二天清晨醒来时，昨夜的一切情景仿佛是一场梦，只有这个古老的房间能让我相信它们都真有其事。我在倚着枕头沉思冥想，突然听见门外有一双小脚走路的啪嗒声，还有商议什么事情的窃窃私语声。随即响起了一阵童声合唱，唱起了一首古老的圣诞颂歌，歌尾的叠句是——

　　欢乐啊！我们的救世主已经诞生，

就在这圣诞日的早晨。

我轻手轻脚地爬起来，匆忙穿上衣服，突然把门打开，看见几个只有画家才能想象出来的最美丽的小仙子。他们是一个男孩和两个女孩，最大的还不到六岁，真像天使一样可爱。他们正在房屋里绕着圈，在每个房间的门外歌唱，而我的突然出现却惊吓得他们羞红了脸默不作声。有一阵子他们站在那儿用手指拨弄着自己的嘴唇，不时抬起头羞涩地偷看我一下，随后仿佛在一阵冲动下突然蹦跳着跑掉了；他们在走廊的一角拐了个弯，这时我听到他们因胜利逃跑而发出的大笑声。

在这个保存着古老好客传统的城堡里，每一事物都会唤起慈爱快乐的感情。我房间的窗户俯瞰着田野，到夏天一定是一派秀丽的景色。有一片倾斜的草坪，草坪脚下曲折流淌着一条清澈的小溪，再过去可以看见花园的一条小径，花园里长着高大的树木，还有群群麋鹿。远处有一个齐整有序的小村庄，农舍的烟囱里冒出的炊烟缭绕在村庄上空。明澈寒冷的天幕鲜明地映衬出一座带有黑色尖塔的教堂的轮廓。环绕着邸宅四周按照英国习俗种上了冬青，几乎呈现出一派夏季景象。不过清晨时分却异常寒冷，前一天晚上的薄雾因为严寒而凝结，所有的树木和每一片草叶都蒙上了美丽的冰晶。灿烂的朝阳之光在闪亮的簇簇草叶间反射出炫目的光辉。紧靠着我的窗前有一棵挂着串串红浆果的山楸树，顶上栖息着一只知更鸟，正舒舒服服地晒着太阳，偶尔抱怨地尖叫几声；在下方台地的小径上，有一只孔雀正炫示着它灿烂的长尾巴，像西班牙显贵一样骄傲而庄严地高视阔步。

还没等我穿好衣服，一个仆人就来邀请我去参加家庭祈祷了。他引我到邸宅古老建筑那端的一个小礼拜堂，我发现家族的主要成员都已齐聚在一个类似走廊的地方，里面放置着坐垫、跪垫和大本祈祷书，仆人们则坐在下方的长凳上。老绅士坐在走廊前排一张桌子后面读着祈祷文，西蒙少爷则充当执事，在教义问答中做应答。我应当公正地说他履行职责颇为庄重得体。

　　早祷之后接着是唱圣诞颂歌，这是由布雷斯布里奇先生本人根据他所喜爱的作家赫里克的一首诗谱写的，又由西蒙少爷把它改编成古老的教堂乐曲。因为家中有几个人嗓音很好，歌唱的效果很是动听。不过我特别感到满意的是，老绅士在唱到某一段的时候激情洋溢，感恩之情突然迸发，双眼发光，唱得乱了节拍走了调：

是你让我的火炉熊熊燃烧，
充满了纯洁的欢乐，
是你赐给我圣诞的酒宴，
让酒香满溢了酒杯，
主啊！是你慷慨的双手，
让我的田地肥沃，
我播下一升种子，
你赐我一斗的收获。

　　我后来才了解，一年到头每个礼拜天和圣徒节都会做这种早祷，或者由布雷斯布里奇先生主持，或者由家里某个成员替代。这种早祷仪式在英国贵族士绅的邸宅曾几乎蔚为风气，因为参加早祷的即使是最迟钝的人，也会由此感受到家庭中所弥漫的井然有序、宁静安详的氛围，而不时地在清晨施行这一美好的礼拜形式，仿佛会为整天生活的情绪确定基调，把每个人都调适到精神和谐的境界；但非常令人惋惜的是这一习俗现在日趋衰微，渐渐被人遗忘。

我们的早餐由老绅士称之为真正古老的英国食物构成。他坚持认为现代由茶和烤面包组成的早餐很是糟糕，指责这种早餐是造成现代人体质萎靡和神经衰弱，使古代英国人的强健体魄江河日下的原因之一。尽管他也允许桌子上摆放现代早餐，以适合客人们的口味，但餐具柜上的冷肉、葡萄酒、啤酒之类却很丰盛。

早餐之后，我和弗兰克·布雷斯布里奇、西蒙少爷（或称西蒙先生，除了老爷之外别人都这么称呼他）一起在庭院里散步。护卫我们的是一群仿佛在邸宅周围闲荡的有绅士风度的狗：从活泼欢跳的长毛垂耳狗到步伐稳重的老捕鹿狗都有，而捕鹿狗是从早得无法记忆的时候起家里就有的一个品种。它们全都听从西蒙少爷挂在纽扣洞里的一只唤狗哨子的指令，哪怕是在它们嬉戏的时候，也会时不时地朝他手里拿的一根小鞭子瞥上一眼。

这座古老的邸宅在黄灿灿的阳光下显得比在灰白的月色中更令人肃然起敬。我不能不感受到了老绅士的理念的力量，整齐的台地，厚重的铁铸栏杆，修剪过的紫杉树，都带有一种高傲的贵族气派。庭院里似乎到处都有为数众多的孔雀，有几只正在阳光照耀的墙下晒太阳，我在谈论中提到"一群"孔雀的时候，却被西蒙少爷委婉地纠正了措辞的错误。他告诉我，依据最古老和普遍认可的狩猎著述，我应该说"一队"孔雀。"同样，"他用略带迂腐的神气继续说道，"我们会说'一列'鸽子或燕子，'一窝'鹌鹑，'一拨'鹿、鹪鹩或鹤，'一群'狐狸，'一丛'白嘴鸦。"接着他又告诉我，根据安东尼·菲兹赫伯特爵士的研究，应该认为孔雀"既有理解力，又有荣耀感；因为它一旦受到赞赏就会马上竖起尾巴，多半还会正对阳光，以便让你更能看清它的美丽；然而等到叶落之时它的尾巴也会脱落，它便会心怀悲戚，藏进角落里，直到尾部长出新羽毛，像过去一样"。

对这种在怪诞问题上炫耀琐细学识的做派，我忍不住冷冷一笑。不过我倒是发现，孔雀在这座宅子里是举足轻重的鸟；因为弗兰克告诉我，他父亲对孔雀极其喜爱，对养育孔雀真是煞费苦心。部分原因在于它们具有骑士气概，为古代豪门盛宴必不可少；另一个原因则是因为它们具有富丽堂皇的气度，与古老家族的邸宅极为相配。他经常说，再没有什么比一只栖息在古色古香的石栏上的孔雀更有尊严华贵的风度了。

这时西蒙少爷不得不匆匆离去，因为他在教区教堂与村庄的合唱队有个约会，他们将演出由他选定的一些乐曲。这位小个子男人随时流露出精力弥满的欢乐情绪，确实很令人愉快；对他能贴切地引用并非一般人日常阅读范围内的某些著作，我得承认自己也有些惊奇。我上次曾向弗兰克·布雷斯布里奇提到这一点，他微微一笑，告诉我西蒙少爷的全部学问仅限于老绅士给他的六七本古代作家的著作，而他在雨天或漫长冬夜里有时会兴致勃发，翻来覆去读这几本书。安东尼·菲兹赫伯特的《农书》、马克汉姆的《乡村乐事》、托马斯·科克因爵士的《狩猎论》、依萨克·沃尔顿的《垂钓者》，再加上两三本诸如此类的古代知名文人之作，就是他的权威典籍。他也像所有只读过几本书的人一样，把这几个作家视为偶像，任何时候都要引用。至于他那些歌曲，主要是从老绅士图书室里的古书里摘引出来的，再配上前个世纪曾经风行于上流人物中的曲调。不过，他把残章断句加以拼凑运用的本领，确实让附近所有的马夫、猎人和喜好渔猎的小伙子们把他当作博览群书的奇才呢。

我们正在闲谈的时候，听见远处村庄里传来一阵钟声。弗兰克告诉我，老绅士特别讲究全家上下在圣诞节早晨上教堂，认为这一天是尽情感谢神恩和享受欢乐的日子。正如老塔瑟[1]所说：

> 圣诞节要纵情欢乐，也要感谢神恩，
> 要宴请你的穷邻里，无论贵贱高低。

"如果你愿意到教堂去，"弗兰克·布雷斯布里奇说，"我保证你能领略到西蒙堂兄的音乐成就。因为教堂缺一架风琴，他就把乡村业余音乐爱好者组成了一支乐队，还成立了一个音乐俱乐部来提高他们的水平。他还把唱诗班的歌手分类编组，就像他按照杰维斯·马克汉姆的《乡村乐事》的指导把我父亲那群猎犬分类编组一样。在那群乡下佬中，他把所有嗓音

---

[1] 托马斯·塔瑟（Thomas Tusser，1527—1580），英国诗人。

'深沉庄重'的人挑出来唱男低音，把嗓音'嘹亮清脆'的人挑出来唱男高音。至于音色'甜美'的歌手呢，他则按特殊趣味从附近一带最漂亮的少女中进行选拔，尽管他声称后一类歌手最难唱得合调。要知道漂亮女歌手总是特别任性和变幻莫测，而且很容易出现意外情况。"

清晨的天气尽管非常寒冷，却很是晴朗而明丽，因此家里大多数人都步行上教堂。教堂是一座极古老的灰白石头建筑，靠近一座村庄，离花园大门约有半英里。教堂连接着一幢低矮舒适的牧师住宅，看来和教堂是同时代的建筑。住宅正面完全被沿着墙面种植的紫杉树遮蔽着，繁茂的枝叶间留了一些缝隙，让光线能够照进古色古香的小格子窗户。当我们走过这个荫蔽的住所时，牧师迎上前来为我们领路。

我预期会见到一位油光水滑、营养充足的牧师，就像在教区富有的供养人的餐桌上常常见到的那种舒舒服服地过日子的人物，但结果却令人失望。这位牧师是个矮小、瘦弱、皮肤黧黑的人，头顶上的灰色假发过于宽大，在两耳旁边远远地分开，于是脑袋仿佛在假发中间缩小了，就像一枚在硬壳里被风干了的榛子。他穿了一件破旧的外套，下摆很宽，口袋大得能装下教堂的《圣经》和祈祷书；脚下穿着一双装饰着巨形扣子的大鞋，使得他本来就短小的双腿越发显得短小了。

弗兰克·布雷斯布里奇告诉我，这位牧师是他父亲在牛津大学时的好友，父亲来接管产业后不久他就来做牧师了。他对黑体活字印刷的古书如痴如醉，几乎不读罗马字体印刷的任何书籍。他最喜爱的是卡克斯顿[1]和温金·德·沃德[2]的版本，他孜孜不倦地研究这些因为毫无价值而遭人遗忘的古代英国作家。也许是因为敬重老布雷斯布里奇先生的观念，他对往昔的节庆礼仪和风俗曾进行过勤奋钻研，就像良朋好友一样满怀热情地向老先生询问请教。不过那仅仅是种埋头苦干的精神而已，一些性情沉郁的人就像这样一门心思探究学问，仅仅因为它叫作"学问"，完全不管它的内在性质如何，它所阐明的是古代智慧还是糟粕污秽。他如此专心致志地一头扎进故纸堆里，以至面容上仿佛也有所反映；假如面容确实是内心的标志，那么他的相貌就可以比做一面黑体字古书的扉页了。

我们抵达教堂的门廊时，看见牧师正在指责头发花白的教堂司事在装饰教堂的绿色植物当中使用了槲寄生的枝叶。他指出这是一种不圣洁的植物，因为被都伊德教[3]教徒在秘密仪式中使用过而受到了玷污。虽然在大厅和厨房里用作节日装饰倒也无伤大雅，但教会长老们曾认为它亵渎了上帝，完全不宜用于神圣的场合。他是那样固执己见，可怜的司事不得不扯掉了许多适合自己口味的微不足道的装饰物，牧师这才同意开始当天的礼拜仪式。

教堂的内部庄严而朴素。墙上有布雷斯布里奇家族的几件纪念雕刻，紧靠祭坛是一座古代工艺的陵墓，上面放置着一尊

---

[1] 威廉·卡克斯顿（William Caxton，1422—1491），英国第一位印刷家，也是作家和翻译家。

[2] 温金·德·沃德（Wynkin de Worde，1465—1536），英国印刷家。

[3] 都伊德教（Druid），古代高卢人和布立吞人信仰的一种宗教。

身披甲胄、两腿交叉的武士雕像，这表明他曾经是一位十字军战士。我得知他是家族的一员，曾在圣地崭露头角，大厅壁炉上方悬挂的那幅画，画的也是同一个人。

在礼拜仪式进行中，西蒙少爷站在长凳上，非常响亮地反复唱着圣歌的应答部分，足以显示一位老派绅士和一位古老家族的亲戚所应有的恪守礼仪的虔诚。我也注意到他用华丽的动作翻动着一页页对开本祈祷书，可能是为了炫耀一枚硕大的戒指，它使得他那只手指大为增色，而且看上去像是件家族遗物。不过他最牵挂的显然还是礼拜仪式中的音乐部分，眼光一直专注地死盯着合唱队，用繁多手势和强调动作打着节拍。

管弦乐队待在一个小廊道内，乱七八糟的一堆脑袋聚集在一起，一个重叠着一个。我特别注意到其中的一个乡下裁缝，他脸色苍白，前额和下巴往后退缩，他吹单簧管似乎把自己的脸都吹成了一个圆点。还有一个矮胖子，弯腰弓背地用力拉着低音提琴，这样就只能出一个圆圆的秃头顶，就像一枚鸵鸟蛋。女歌手当中倒有两三张漂亮脸蛋，凛冽清晨的刺骨寒风给它们平添了一份鲜艳的红晕。而合唱队男歌手的挑选，显然就像选老克里蒙纳[1]提琴，更多地根据音质而不是品相；再加上几个人合看一本乐谱，古怪的面孔凑成若干组，和我们在乡村墓碑上时常见到的一群群小天使不无相似之处。

例行的唱诗仪式安排得倒也不错，声乐部分总是有点落后于器乐部分，几个懒懒散散的提琴手不时异常敏捷地滑过一小节乐句，又再跳过几节来追赶丢失的时间，身手比眼看到猎物

---

[1]　意大利北部城市，16—18世纪以生产优质小提琴著称。

要被猎犬咬死时的猎狐人还要快捷。不过最大的考验是演唱西蒙少爷编写并寄予厚望的一首赞美诗。很不幸，刚开头就出了大毛病，乐师们一片慌乱，西蒙少爷心急如焚，乐曲演奏得跌跌撞撞、杂乱无章。直到合唱部分开始"齐声合唱"，就仿佛给各个声部下达了一个信号，全体歌手陷入一片嘈杂混乱；每个人都随意变调变速，都想尽量唱好——或者说想尽量快地唱完，只有一位戴副角质眼镜、鼻子一张一缩发出悠长而洪亮的鼻音的老歌手例外。他站在离别的人稍远处，完全沉浸在自己的歌声里，一直用颤音唱下去，一边摇着头，含情脉脉地看着他的乐谱，最后用至少有三小节长的鼻音独唱来结束全曲。

牧师给我们做了一次最为渊博的布道，他谈到圣诞节的诸种礼仪，以及我们过圣诞节不仅仅因为这一天是感恩的日子，它应该也是欢乐的日子，并且用教会最古老的习俗来证明自己观点的正确性，还援引恺撒的西奥菲勒斯[1]、圣西普里安[2]、圣克里索斯托姆[3]、圣奥古斯丁[4]以及一大群圣徒和教会长老等权威人士来加强论证的力量，进行了一番旁征博引。看到他如此洋洋洒洒地加以论证，而在场听众似乎没有谁对此有意质疑，我不免感到有点困惑不解。可是我很快就发现这位好人是跟一大群假想中的敌人在斗争。他在探讨圣诞节这个问题的过程中完全卷进了革命时代的宗派纷争中去了，那时候清教徒们对教会仪式进行如此猛烈攻击，经由国会宣布将可怜的古老圣

---

[1] 6世纪的一位罗马主教。
[2] 3世纪的一位迦太基主教。
[3] 4世纪希腊著名基督教士。
[4] 4—5世纪著名基督教神学家。

诞节驱逐出去。这位可敬的牧师还生活在往昔，对现实已不甚了解。

他隐退在古老的小书斋里，被关闭在虫蛀朽坏的旧书卷中，对于他而言，往昔的断简残篇就是当天的日报，革命时代就是当代的历史。他忘记了那已经是近两个世纪前的事了，当时举国上下曾对可怜的碎肉馅饼进行疯狂的迫害，当时梅子粥被斥为"纯粹罗马天主教之物"，烤牛肉则被指责为反基督的东西，而随着欢乐的查理二世朝廷的复辟，圣诞节也已经胜利地恢复了。他满怀战斗的狂热，面对着一群必须与之论战的假想敌而激动得热血贲张。在圣诞节庆问题上，他同老普林[1]和另外两三个已被人遗忘的圆头党[2]战士进行了顽强争斗。最后，他以最为庄严动人的态度敦促他的听众们，务必恪守父辈的传统风俗，在此一年一度的教会欢乐节日里开怀宴饮，纵情欢乐。

我还很少知道参加一次布道能即刻产生如此明显的效果，因为会众离开教堂的时候都充满了他们的牧师热忱地为他们祈求的精神欢乐。年长者一群群聚集在教堂院子里，彼此打招呼和握手，孩子们四处奔跑，喊叫着乌勒！乌勒！嘴里反复念着某种奇怪的韵文。来到我们身边的牧师告诉我，这段韵文是从古代流传下来的。老绅士经过时，村民们纷纷脱下帽子，以发自内心的真诚致以节日的美好祝愿，而他则邀请他们到家中做客，吃点东西来抵御冬季的寒气；我还听见几个穷人嘴里喃喃道出祝福的话语，这使我相信，这位可敬的老绅士在自己欢乐

---

[1] 威廉·普林（William Prynne，1600—1669），英国内战时基督教旧礼节的激进改革者。

[2] 对1642—1652年英国内战时清教徒革命者的称呼。

之际也没有忘记慈爱这种真正的圣诞美德。

在我们回家的路上，老绅士的心中似乎满溢着慷慨和喜悦的感情。当我们越过一个可以眺望远景的高地时，乡村欢乐的音乐不时传到我们耳中，老绅士驻步片刻，环顾四周，神态中含有一种不可言传的慈祥和蔼。这一天此时此刻的良辰美景，本身就足以激发人的博爱之情。尽管清晨天气严寒，太阳在晴朗无云的天穹中运行，已有足够的热力去消融覆盖在南面坡地上薄薄的积雪，让那些甚至在隆冬季节也点染着英格兰景物的鲜活青草显露出来。大片大片仿佛在微笑的翠绿草地与阴面坡地和山谷的炫目银白形成了强烈对照。从每一道阳光照耀、绿荫覆盖的堤岸下，都有凛冽而清澈的银白小溪涌流出来，光芒闪烁地穿过湿漉漉的草丛，并蒸发出轻薄的水汽，加入到悬浮在地面上的薄雾之中。融融暖意和翠绿生机战胜了严冬的奴役，真有一种令人精神振奋的作用，这正如老绅士所说，它是圣诞节殷勤好客的象征，它打破了拘谨和自私的寒气，把每一颗心都融化为一股暖流。他高兴地指着那欢乐的象征——从舒适的农舍和低矮的茅屋的烟囱里升起的袅袅炊烟，说道："我喜欢看到这个不论贫富都能过得快活的日子，一年中至少有这么一天，你能肯定自己无论走到哪里都会受到欢迎，仿佛整个世界都向你开放，这就是件了不起的事情。我真愿意和可怜的罗宾一起诅咒这个纯真节日的每一个粗鄙的敌人——

　　那些人在圣诞节还要抱怨
　　唯愿把节日之欢匆匆了结，

但愿他们同汉弗莱老公爵共餐，[1]

要不然让科契老爷送他们完蛋。[2]"

老绅士继续表示对圣诞节期间游戏娱乐的不幸衰落深感惋惜，这些娱乐曾经盛行于底层人物中间，同时受到高层人士的鼓励。那时候城堡和邸宅的古老大厅白天一律敞开大门；那时候餐桌上都摆满了腌野猪肉、牛肉和滋滋作声的啤酒；那时候竖琴和圣诞颂歌之声终日不绝；那时候无论贫富都一样欢迎登堂入室狂欢取乐。他说："我们的古老游戏和本地习俗影响巨大，使得农民眷恋家园，而士绅们对此的鼓励提倡又使他们喜爱主人。这些游戏习俗使圣诞节期间变得更加欢乐、慈爱和美好，我的确可以像我们的一位古诗人那样说——

我酷爱它们——而有些人却很古怪，

那么刻板拘谨，装得一本正经，

试图把这些无害的游乐从此禁绝，

把古老的淳朴真诚抛得干干净净。"

"我们这个民族变了，"他接着说，"我们淳朴真诚的农民几乎消亡殆尽。他们和上流阶层已经分裂开来，似乎认为彼此的利益并不一致。他们变得过于世故，开始阅读报纸，听啤

---

[1] 汉弗莱公爵为英国亨利四世之子，封格罗斯特公爵。俗语"同汉弗莱公爵共餐"意为"无饭可吃"。

[2] 科契（Jack Ketch），于1663年被任命为死刑执行官，曾对著名人物执行过绞刑。

酒馆政客的说辞，议论改革。我认为，在此艰难时期要让农民保持淳朴性格的方式之一，是让贵族士绅更多地待在自己的田庄里，更多地与村民们打成一片，让充满欢乐的古老英国游艺重新盛行起来。"

这就是好心的老绅士平息社会不满的方案，确实，他也曾一度试图把他的原则付诸实行，前几年他便在节日期间按照古老风俗开门迎客。然而村民们却不懂在主人慷慨好客的场合下如何举止得当，发生了许多行为粗野的情况；乡野游民把邸宅挤得满满当当，一个星期里聚集在附近的乞丐，叫教区行政官花一年时间也赶不走。从此以后，他只好满足于邀请附近那部分正派体面的农民在圣诞日到大厅里来，而把牛肉、面包、啤酒之类分赠给穷人，这样他们可以在各自家中欢度节日。

我们回家不久，就听见远处传来一阵音乐声，接着就看见一群乡下男孩沿着林荫道走过来。他们没穿外套，衬衫袖子很古怪地用丝带扎着，帽子上装饰着绿树枝叶，两只手里拿着棍棒，后面还跟着一大群村民和农夫。他们在大厅门前停了下来，奏响了一种音调特别的乐曲，男孩子们开始表演一种奇怪的复杂舞蹈，准确地配合着音乐节拍前进、后退，一齐敲响手里的棍棒。其中一个人头上古怪地顶了一张狐狸皮，狐狸尾巴低垂在背后，他在舞队的外围蹦跳着，用许多奇怪的手势把一只圣诞匣子敲得嘎嘎响。

老先生怀着极大的兴趣和快乐看着这种奇特的表演，并向我详尽地讲述了它的起源，那要追溯到罗马人占领英国时期。他明白无误地说明这是古人剑舞的直系传承。他说，这种舞如今已濒临绝迹，但他曾在附近偶尔见过一些残迹，并对于它的复兴予以鼓励。不过说句老实话，这种舞到了晚间太容易转变为粗鲁的棍棒游戏，把人打得头破血流。

等到舞蹈结束，全班人马得到了腌野猪肉、牛肉和家酿烈酒的丰厚款待。老绅士本人也置身于村民之中，而村民们则以种种笨拙的方式对他表示尊敬和问候。我确实看到有两三个青年农民每当老绅士转过身去就把大酒杯举到嘴边，还做着鬼脸相互眨眼睛；但他们一碰上我的目光就换上严肃的表情，装得无比地正经。不过他们和西蒙少爷在一起似乎就自在多了。西蒙少爷变化丰富的职业见闻和娱乐消遣早就使他远近闻名。他造访过每一家农舍和茅屋，同农夫和主妇们闲聊，同他们的女儿嬉闹玩耍，就像昆虫中的流浪单身汉野蜂一样巡游乡间，从玫瑰花蕾的嘴唇上采集蜜糖。

主人兴致勃勃、和蔼可亲，客人们的拘谨羞涩也就一扫而空了。下层阶级感受到来自上层的慷慨与亲切，被激发出的欢笑会含有诚挚真情，感激的暖流会注入他们的快乐之中。保护人坦率道出的一个亲切的字眼或者一句小小的玩笑话，比美酒佳肴更能使依附者心中充满欢乐。老绅士退出以后，欢乐情绪愈发高涨，纷纷开起玩笑。尤其在西蒙少爷和一位精神矍铄、面色红润的白发老农之间最为热闹，后者看来是村庄的才智之士，因为我观察到他的伙伴们都张大嘴巴等着他对西蒙反唇相讥，不等完全听明白他的话就无缘无故地爆发出哄堂大笑。

整个邸宅确实像沉浸在纵情欢乐之中。当我回到自己房间去换上晚宴服装时，又听见从小院传来一阵音乐声，从窗户往下一望，我看到一支由拿着排箫和长鼓的游吟乐师组成的乐队。一个漂亮而富于风情的女佣和一个英俊的乡下小伙子正跳着快步舞，还有几个仆役站在一旁观看。在他们嬉戏之时，那个姑娘突然瞥见我在窗前，顿时涨红了脸，淘气地装出慌张的样子跑开了。

圣诞晚宴

看哪，我们最快活的宴会已来临！
让每个人都感到欢欣，
每个房间都装点了紫杉叶，
每根柱子都挂上了冬青。
所有邻里的烟囱都在冒烟，
圣诞柴都在熊熊燃烧；
所有烤炉里都塞满了烤肉，
炙叉都在转个不停。
把忧愁都挡在门外，
假如它因为严寒被冻死，
就把它埋进圣诞馅饼里，
这样就能永远快乐欢喜。

——威瑟斯《少年读本》[1]

我梳洗完毕，正和弗兰克·布雷斯布里奇在藏书室内闲逛，突然听见远处传来"啪"的一声响。他告诉我这是晚宴上

---

[1] 乔治·威瑟斯（George Withers, 1588—1667），英国诗人。

菜的信号。老绅士要厨房和大厅都一样遵循古老习俗，厨师用擀面杖敲打食具柜，召唤仆人们前来端菜。

> 这时候厨子敲三响，
> 侍者们瞬刻动起来，
> 遵照命令忙上菜；
> 每人手里捧盘碟，
> 犹如随从列队来，
> 致敬如仪即走开。
>
> ——约翰·萨克林爵士[1]

晚宴设在大厅里，老绅士总是在那里举行圣诞宴会。层层堆积的圣诞柴瓣里啪啦地燃烧着炫目的火焰，让开阔的大厅里暖意融融。熊熊火焰迸发着火星，卷腾着扑进张着大嘴的烟囱里。在这种场合，十字军骑士的大幅画像和他的白马都用青枝绿叶豪华地装饰着，对面墙上的头盔和武器也同样环绕着冬青和常春藤，我明白这些武器装备都属于那同一位勇士了。顺便说说，我得承认，对于那幅画像和那副甲胄是否真属于那一位十字军骑士我甚感怀疑，它们显然具有晚近年代的印迹。可是别人告诉我，那幅画从不知什么时候起就被认为是十字军骑士的肖像了，至于说那副甲胄，却是老爷在一间杂物库房里发现的，并被摆放在现在的位置。他一见到这副甲胄立即就断定它

---

[1] 约翰·萨克林爵士（Sir John Suckling, 1609—1642），英国诗人。

属于那位家族英雄，因为他在自己家族里是这类问题的绝对权威，所以他的意见也就获得了普遍认同。在骑士的战利品正下方还放着一个橱柜，上面的陈设品大概可以与伯沙撒[1]在圣殿展示的器皿争奇斗胜（至少在品种丰富方面）：有酒壶、罐子、小酒杯、大酒杯、高脚杯、盆子、水罐等等。这一套齐整的豪华器皿是经过许多代快活的女管家逐渐积攒起来的。器皿前面立着两支圣诞蜡烛，像两颗第一等级的星辰光芒四射，另外还有些蜡烛则分布在树枝上，整个大厅布置得就像银光闪耀的天穹一样。

随着一阵吟唱之声，我们被领进宴会厅，老竖琴手坐在壁炉旁边的一张凳子上，他拨弄琴弦奏出的声音与其说是婉转动听，倒不如说是强劲有力。从来没见过圣诞宴席上展示了这么多漂亮而文雅的面孔。那些长相不算漂亮的人至少心里是快乐的，而快乐则具有一种不可多得的改善作用，会使其貌不扬的面容也变得好看起来。我一贯认为，一个古老的英国家族就像荷尔拜因[2]的肖像画集或阿尔伯特·丢勒[3]的版画集一样值得研究，由此可以获得许多古代文物和旧时观相学的知识。或许是因为那一排排古老家族肖像不断在眼前展现——在这一带乡村的世家邸宅里这类肖像收藏甚丰——祖先的特征常常沿着古老家系可靠地保存下来，也就理所当然了。我曾穿过整个画廊

---

[1] 伯沙撒（Belshazzar），巴比伦国王。

[2] 荷尔拜因（Holbein），父（1456？—1524）子（1497—1543）均为德国著名画家。

[3] 阿尔布雷特·丢勒（Albrecht Durer, 1471—1528），德国文艺复兴时期著名油画家、版画家和雕塑家。此处作者可能误记为其兄弟阿尔伯特·丢勒。

追踪过一个古老宗族的鼻子，它保持着正统谱系一代接一代相传，几乎可以追溯到威廉征服英国的时代。相似的情况从我身边可敬的同伴身上也可以观察到。他们许多人的面孔显然起源于哥特时代，然后由自己的一代代后裔依样复制。特别是一位端庄稳重的小姑娘，长着罗马人的高鼻子，带着一副老派的尖酸神态，是老爷非常钟爱的人，因为据他说这个女孩是彻头彻尾的布雷斯布里奇家族成员，简直是他的一位在亨利八世朝廷中赫赫有名的祖先的翻版。

牧师先做感恩祈祷，那可不是不拘礼仪的日子里常见的对上帝的那种简短而亲切的祷告，而是一通老派的冗长、庄严、用字考究的祷告。祈祷之后稍稍停息了一会儿，似乎在等待什么，接着男管家突然显得有点忙乱地走进大厅，两侧各跟随了一个拿着大蜡烛的仆人。他手捧一只银盘，盘里放着一只硕大的猪头，猪头上装点着迷迭香，猪嘴里含着一个柠檬，接着他以极其恭谨的态度把银盘放在桌子上端。这时候一列古装演出队伍出场了，竖琴手奏起一曲华彩乐段，乐曲一结束，那位年轻的牛津大学毕业生在老绅士的示意下，带着极为滑稽的严肃表情唱起了一支古老的圣诞颂歌。第一节歌词是这样的：

> 我今献祭，
> 赞美上帝。
> 我手捧野猪头，
> 佩上花环迷迭香。
> 愿在座诸君，
> 大家同声歌唱。

尽管我预先被告知主人有特殊癖好，因此早有目睹各种小小的古怪行为的思想准备，但我不得不承认，圣诞宴会中如此古怪的一种菜肴多少有些使我困惑。直到后来我从老绅士和牧师的交谈中才了解到，这是要表示献祭一只野猪头，而过去在圣诞节把这道菜肴端上大餐桌的时候有许多仪式，还伴有音乐和歌唱。"我喜欢古老风俗，"老绅士说，"不仅仅因为它本身庄重高贵和令人愉快，也因为这些风俗是我在牛津大学受教育时所奉行的。每当我听见唱起古老歌曲，就会想起自己年轻快乐的时光，想起宏伟而古老的学院礼堂，想起身穿黑袍四处闲逛的同学，可怜的小伙子啊，他们当中许多人如今已经躺在坟墓里了。"

　　不过牧师心里却并没有浮起这类联想。他一贯更注重歌词而不是情感。他反对那位牛津毕业生对圣诞颂歌的改编，断言在学院里唱得不一样。接着，他像一个冷峻的固执己见的评论家，在说明学院所唱的歌词时还附带做了种种注释讲解。他先是向在场的所有人发表演讲，可后来发现人们的注意力逐渐转向别的话题，他的听众越来越少，就压低了自己的声调，最后，他低声向坐在身旁一位肥头胖脑的绅士总结了自己的评论，而那位先生正默不作声地沉浸在关于一大盘火鸡肉的讨论之中。

　　餐桌上的菜肴实在很丰盛，足以体现在这个季节里乡村富饶，家家都贮藏充盈。一个尊贵的位置特别用来摆放东道主称之为"古老的牛腰肉"的一道菜，他解释说这是"古老英国热情好客、高朋满座、充满希望的标志"。还有几道菜也点缀得很别致，其装饰显然也有些历史渊源，不过我不喜欢显得过分好奇，所以没再问什么。

但我不得不注意到有一种馅饼，用孔雀羽毛模仿孔雀尾巴加以富丽堂皇的装饰，盖过了餐桌上的许多菜肴。老绅士有点踌躇地坦承道，这只是一只野鸡馅饼，尽管孔雀馅饼才算得上是最正宗的，可是在这个季节孔雀死得太多，所以他不忍心让自己哪怕杀一只孔雀。

对于这位可敬的颇有幽默感的老绅士为了竭力追随古雅习俗（尽管还小有差距）而采用的另一些代用品，假如我继续一一列举，或许聪明的读者会感到沉闷；虽然我对这些古怪过时的东西稍有癖好，读者却未必有这种愚蠢的喜好。不过，看到他的子女亲属对他的怪诞行为表示出的敬重，我却感到很有意思；他们的确很快就能领会这些行为的精髓，对自己该扮演的角色十分熟悉，这无疑是经过多次排练的结果。看见管家和仆役们无论被指派履行多么古怪的职责态度都极为严肃，我也觉得很有趣。他们都有一副老派的神气，这多半是因为他们受到这个家庭的抚育，在这古色古香的邸宅及其主人的气质熏陶下成长，很可能把老人所有的稀奇古怪的规矩都视为确定无疑的荣耀家规了。

宴席撤下以后，管家端上一只工艺罕见而奇特的大银杯，放在老绅士面前。大家见到这只著名的圣诞节庆典祝酒杯，便立刻爆发出一阵欢呼声。杯中盛的饮料是老绅士亲自为自己准备的，因为调制技巧颇为考究，所以他特别为之自豪，宣称它过于深奥复杂，普通仆役是无法领悟的。这种饮料由几种最醇厚和纯度最高的葡萄酒混合而成，加上浓郁的香料和甜味，表面还浮着烤苹果，酒徒见到它会激动得心跳不已。

老绅士轻轻晃动着这只大酒杯，安详的神态中透出喜悦的光彩。他把酒杯举到唇边，衷心祝愿所有在场者圣诞快乐，然后把满满的酒杯传给一起就餐的人们，让每个人都按照古老的方式像他这样做；他说这杯酒是"心心相印的美好感情的古老源泉"。

这只作为圣诞快乐的真诚象征的酒杯被人们相互传递着，女士们则羞涩地吻吻它，这时笑声和喧闹声一片沸腾。酒杯传到西蒙少爷手中，他用双手举起，带着欢悦的友爱态度，唱起了一支古老的祝酒歌。

　　　　棕色的酒杯，
　　　　欢乐的棕色酒杯，
　　　　一位传给另一位，
　　　　　斟满酒，
　　　　　再斟满，
　　　　人人说出心里话，
　　　　个个举杯尽情醉。

　　　　深深的酒杯，
　　　　深深的欢乐杯，
　　　　开怀畅饮自无妨，
　　　　　唱起歌，
　　　　　跳起舞，
　　　　人人快活似国王，
　　　　个个欢乐笑声扬。

宴席间的很多谈话都会转到家事上面，我却是个局外人。不过西蒙少爷成为嘲弄的主要目标，说他同某位风流寡妇有瓜葛。这场攻击本来是由女士们发难的，但坐在牧师身旁的那位肥头大耳的老先生则一直把它延续到整个晚宴。他开起玩笑来简直不知疲倦，有一股坚韧不拔的劲头，就像一只动作缓慢的猎犬，虽然狩猎开始时颇为迟钝，但穷追到底的本领却无与伦比。大家的交谈只要一停顿，他就用同样的词语重新开始取笑西蒙，每当他认为击中了要害，就使劲朝我眨眼睛。而西蒙真就像一般老光棍那样，别人拿这个话题取笑他似乎还沾沾自喜；他找了个机会低声告诉我，大家提及的那位女士乃是一位绝色佳人，还亲自驾驶她自己的轻便马车。

晚宴时间在无伤大雅的持续欢闹中过去了，尽管古老大厅里许多次回荡起过于嘈杂喧嚣的声浪，但我觉得这种坦率真诚的欢乐恐怕并不多见。一个慈爱的人多么容易地就把欢乐传遍了四周，一颗仁慈的心真正是快乐的源泉，能使周围的一切焕发生机、充满微笑！可敬的老绅士的快活性情充满了感染力；他自己快乐，又愿意让所有人都快乐。他的那些小怪癖，不过是以某种方式为他慈爱之心的甜蜜增添了更多的韵味罢了。

女士们退出以后，谈话也就像通常那样变得更加活跃了。许多好事在晚宴时就已想到，但确实不便让女士们听见，等到这时候话匣子才打开。尽管我不敢断言他们的谈话算得上妙语迭出，但我此前听过许多充满精妙话语的论辩，引起的笑声却要少得多。说到底，妙语毕竟是一种非常辛辣的作料，对某些人的胃口来说太酸涩了；而坦诚善意的幽默在欢聚时刻却是润滑油和开胃酒，玩笑虽然开得不大，笑声却起伏不息，再没有比这更愉快的聚会了。

老绅士讲了几个很长的早年在学院胡闹和冒险的故事。其中有些事情牧师也是参与者，不过看牧师那副模样，真需要费些想象力才能相信这个小个子、黑皮肤、瘦得皮包骨的人竟曾经是一个莽撞胡闹的坏家伙。的确，这两位大学时代的好友足以说明人会被不同的命运铸造成怎样不同的形象。老绅士离开大学后就在父亲的领地上快活地过日子，朝气蓬勃地享受着富足而充满阳光的生活，直到老年仍然精神矍铄；而那位可怜的牧师却正好相反，他在幽暗寂静的书斋里、在尘封的书卷包围中慢慢干瘪萎缩。不过，在他灵魂深处似乎仍有行将熄灭的火焰会偶尔闪耀一星微弱的火花，当老绅士影影绰绰地讲起他们在埃西斯岸边遇见的一位漂亮挤奶女工跟牧师有段隐秘故事时，老牧师显露出了某种"面容文字"，而我根据观相术加以破解，坚信那是笑容的征象——说真话，我还很少遇见一位老年绅士为强加于自身的少年时代风流韵事而真正恼怒的。

我发现纵酒狂欢的潮水很快就淹没了人们清醒判断力的陆地。宾客们的笑话变得越来越乏味，而他们却闹得越发欢快和喧嚷。西蒙少爷也开始叽叽喳喳说个不停，就像一只灌满露水的蚱蜢；他的古老歌曲变得情绪热烈了，还开始伤感地谈起那个寡妇来。他甚至唱起一首向寡妇求婚的长长的歌曲，还告诉我那是他从一本名为《丘比特的求爱者》的绝佳的黑体字古书中搜集到的，书里有对单身汉的大量忠告，并许诺会把这本书借给我。第一节歌词大意如下：

向寡妇求婚，你可不能闲调情，

要趁热打铁，可不能虚度光阴；

别站在她身边没动静；我要，我要

大胆地说，寡妇啊，你必须是我的人。

　　这首歌激励了那位肥头胖脑的老年绅士，他几次试图讲一个来自乔·米勒的相当粗俗的故事，跟这首歌的意义很是贴切。不过他总是讲到半途就打住了，因为除他自己以外人人都记得后半部分的内容。牧师也开始表现出美酒佳肴所产生的影响，渐渐安定下来打盹儿了，假发莫其妙地偏在头顶的一边。正在这时候，我们被召唤到客厅去，我怀疑这是主人私下示意的，他的欢快似乎总是会受到适当礼仪的节制。

　　餐桌撤走以后，大厅就让给了家族的年轻成员，他们在那位牛津大学毕业生和西蒙少爷的鼓励下开始狂欢喧闹；当他们顽皮嬉戏的时候，弄得大厅古老墙壁之间回荡着一片欢声笑语。我喜欢看孩子们嬉戏，特别是在这欢乐的节日期间，所以听见他们爆发出一阵阵笑声就忍不住悄悄溜出了客厅。原来他们在玩捉迷藏。西蒙少爷是他们欢乐游戏的领袖，似乎在一切场合都充当古代圣诞狂欢的主持角色，正蒙着眼睛站在大厅中央。孩子们在他四周忙碌着，就像福斯塔夫身边那些捉弄人的假扮的精灵一样[1]，掐他捏他，拉他外套的下摆，或者用稻草搔他的痒。有一个大约十三岁的蓝眼睛漂亮姑娘，一头亚麻色的秀发优美地散乱着，快乐的脸蛋儿红扑扑的，连衣裙一半从肩

---

　　[1]　《温莎的风流娘儿们》第五幕第五场中，福斯塔夫想勾引乡绅的妻子而被捉弄羞辱。

头脱落，简直是一副顽童模样，捉弄人最厉害。看到西蒙少爷狡猾地避开孩子们那些顽皮的小动作，却把这个疯疯癫癫的小仙女赶到墙角，逼得她尖叫着从椅子上跳过去，我怀疑这家伙蒙上眼睛也一样便捷灵活。

我回到客厅后，发现人们围坐在炉火旁，正在听牧师讲话。牧师深深地坐进一把古代能工巧匠制作的高背橡木椅子里，这把椅子是从藏书室搬来专供他用的。这件古老家具同他单薄得像影子的身体和黧黑干枯的面孔精妙地相互匹配。他也就从这把椅子开始，讲述附近乡村流行的迷信与传说中的奇异事件，这些是他在钻研古代学问的过程中了解到的。我多少认为这位老绅士自己也带有一些迷信色彩，就像那些在僻远乡间隐居治学、穷究古典的人很容易充满奇幻和超自然的思想一样。他给我们讲述了附近农民幻想中的几桩逸事，内容与教堂圣坛旁边墓穴上的那个十字军武士塑像有关。因为它是这附近乡村唯一的纪念雕像，所以村子里的主妇们总带着迷信眼光来看待它。据说在暴风雨之夜，特别在打雷的时候，这尊塑像会从坟上站起，绕着教堂墓地兜圈子。有一个老太婆的茅屋紧挨着墓地，她就曾在月光明亮的夜晚透过教堂的窗户看见塑像在走廊里慢慢地走上走下。人们相信，有些死者生前含冤未雪，或者埋藏着一些珍宝，会使鬼魂一直处于焦躁不安的状态。有些人说那座墓中埋藏着金银珠宝，由鬼魂看守着。还有个关于古代教堂执事的流行故事，说他在夜里费尽九牛二虎之力打开了通往棺椁的墓门，可是刚走到棺椁前面就被那个大理石雕像用手一记猛击，把他打得躺在石板路上不省人事。这些故事常常会受到乡村壮汉的耻笑，可是一到晚间许多最不信邪的人也还是不敢冒险独自踏上穿越教堂墓地的那条小径。

从这些以及后来听到的奇闻逸事看，这个十字军武士似乎是附近一带流传的鬼魂故事中最受大众喜爱的主角。仆役们认为他那幅挂在大厅里的肖像有些不可思议，因为他们注意到，你无论走到大厅的哪个地方，这位武士的眼睛都在盯着你。老看门人的妻子也住在门房里，她在这家出生并长大，是女仆中最爱瞎聊胡侃的，她也声称年轻时常常听人讲，在仲夏日前夜所有的妖魔、鬼怪和仙灵显形和外出散步的时间，那位十字军武士常常骑着马从画中走下来，在宅子周围转，沿着林荫道到教堂去察看坟墓。这时候教堂大门会恭恭敬敬地自动打开；他倒是无须开门，因为他能骑着马穿过大门甚至石墙，有个奶场女工还曾见他把身体缩得像一张薄纸，从花园大栅栏门的两条铁条中间穿过去。

我发现所有这些迷信传说都很受老绅士鼓励，尽管他自己并不迷信，却非常喜欢看到别人如此。他极其认真地倾听周围的人所聊的每一个鬼怪故事，看门人的妻子因为颇有讲神奇故事的才能，于是很受他的青睐。他本人也酷爱阅读古老传说和浪漫故事，常常惋惜自己读了而不能信以为真，因为他认为一个迷信的人一定生活在某种仙境之中。

我们正在聚精会神地听牧师的故事，突然听到大厅里爆发出一片杂乱的喧闹声，其中混杂着类似粗野的流浪歌队敲打出的叮当声，还混合了一阵阵轻微的叫喊声和女孩子的笑声。门突然被推开，一群人排着队走进屋里，几乎让人误以为是从魔幻王国冲出来的仙怪精灵。西蒙少爷具有忠实履行圣诞主持职责的孜孜不倦的精神，想出了圣诞化装表演或者假面舞会的主意，便把牛津毕业生和年轻军官叫来帮忙，而这两位对任何狂欢嬉闹也同样兴致盎然，立即就付诸行动。他们又求助于年老的女管家，把旧衣橱翻箱倒柜细搜了一番，翻出来祖宗留下的几代不见阳光的华丽服饰；年轻些的同伴们从起居室和大厅悄悄地集合到一起，所有人都模仿古代化装舞会滑稽地装扮起来。

西蒙少爷化装成古代圣诞老人在队伍前面领头，一身打扮离奇古怪：戴着轮状皱领，披了一件短斗篷，看样子很像那位年老女管家的衬裙，戴的那顶帽子可以充当乡村教堂的塔尖，无疑是长老会盟约时代流行的东西了。他的鼻子从帽子底下弯曲着向前突出，冻得通红，仿佛是从十二月狂风中夺得的战利品。那个蓝眼睛顽皮女孩伴在他身旁，她装扮成"碎肉馅饼夫人"，穿一身褪色锦缎的华贵服装，长背心，尖顶帽，高跟鞋。年轻军官则扮成罗宾汉[1]，穿一身绿色袒胸呢猎装，戴一顶有金色丝带的军便帽。

可以肯定，这套服饰证明他在这方面并无深入研究，显然只着眼于是否漂亮花哨，对于一个在情人面前献殷勤的年轻人来说自然如此。美丽的朱丽亚挽着他的胳膊，她穿一套漂亮的乡下衣衫，扮成"少女玛丽安"[2]。其他人则装扮成各种不同的样子——女孩子穿起了布雷斯布里奇家族古代美人的华丽服饰，小伙子则用烧焦的软木塞涂出络腮胡子，郑重其事地穿上长袖宽摆衬衣，戴上垂肩假发，扮演"烤牛肉""梅干布丁"

---

[1]　罗宾汉（Robin Hood），英国民间传说中的侠盗。

[2]　罗宾汉的情人。

和古代化装舞会中其他一些著名角色。所有人都由牛津毕业生指挥，他本人则恰如其分地扮成圣诞司仪，我看到他手拿指挥棒用很顽皮的姿势对表演队伍中的小角色挥舞了一下。

这支五光十色的队伍按照古代风俗敲着鼓突然闯进来，使喧嚣狂欢达到了高潮。西蒙少爷作为圣诞老人，同那位无可匹敌的扮演"碎肉馅饼夫人"的女孩子跳起了狐步舞——尽管她一直咯咯地笑——并以其庄重的风度博得赞誉。接着全体角色跳了集体舞，众人的衣饰五光十色，仿佛这个古老家族一幅幅肖像中的人物从画框里跳了下来，加入到游戏中。几个世纪的各种各样的舞步都出现了，有双手交叉的，有忽左忽右的；有中世纪的脚尖旋转舞和跳跃对舞；随后伊丽莎白时代的快步舞又穿越随后几个时代，欢乐地跳到大厅中央。

可敬的老绅士怀着淳朴的兴味和孩子气的喜悦注视着这些异想天开的游戏，看着自己那些古老服装重见天日。他站在那儿，搓着双手咯咯地笑着，牧师说的话他几乎一个字也没听进去，尽管牧师一直极具权威地谈论着古老而高贵的孔雀舞，认为小步舞即起源于此。而我看到眼前出现的各种各样随心所欲、纯真欢乐的场面，也一直处于激动之中。狂欢极乐和热情好客的情绪冲破了冬季的寒冷阴郁，老年人也摆脱了迟钝淡漠，再次焕发出青春欢乐的朝气。目睹这种情景真让人精神振奋，我想到这些正在迅速消逝的习俗很快就会湮没无闻，而在英国也许只有这唯一的家族还上下一致恪守旧俗，更觉得兴味盎然。而且，在这一切狂欢作乐中又融入了一种古雅的奇趣，从而给欢乐增添了一种特别的风味，很切合眼下的时令和场合；当这古老的邸宅几乎因嬉闹和欢宴而摇晃震颤时，它仿佛回响着消逝了的久远岁月的欢乐。

不过，圣诞节及其庆典狂欢已经说得够多，现在是我停止饶舌的时候了。我觉得仿佛听到严肃的读者在问："这一切要达到什么目的呢？这一番谈论怎么能使世人变得更明智呢？"唉！教诲世人的至理名言不是够多了吗？即使并非如此，致力于改良社会的大手笔不是成千上万吗？——然而，让人快乐比教诲人要愉快得多——当人的良友比充任导师也要愉快得多。

无论如何，在知识的海洋里，我能加进多少滴水呢？我自认为最明智的结论又怎么有把握去指导别人的见解呢？不过，假如我以写作自娱遭遇失败，唯一的害处只是自己失望。而在这不幸的时代，如果我侥幸能抹平别人烦恼的眉头上的一丝皱纹，或者在别人心情沉重的时候能给予抚慰，如果我有时候能刺穿人们包裹自己的愤世嫉俗之膜，促动人性中的慈爱观念，使读者以更良好的心境去对待友伴和对待自己，确确实实，我所写的一切就不至于全然徒劳无益了。

英国的乡村生活

啊！善待人对尽善尽美的追求，

善待思想、美德与和睦，

以及富于乡村乐趣的家庭生活！

——考珀[1]

　　一位想要对英国人的性格获得正确见解的异乡人，绝不能把自己的观察局限在大都会。他应该深入到乡村里去；他应该旅居于各地的村舍；他应该访问古堡、别墅、田舍、茅屋；他应该在公园和花园里去漫游，穿越树篱绿径；他应该到乡村教堂附近去流连，参与到教区的节庆和集市以及其他乡村喜庆宴乐活动中，去跟人们打交道，了解他们所有的生活状况，一切风俗习性和脾气性格。

　　在某些国家，大城市吸纳了全国的财富和时尚，成为高尚文雅的上流社会人物的固定居所，而乡村里居住的则几乎全是粗鲁的农民。在英国，情形恰好相反，大都会只是上流社会的临时聚集之所或通常的会晤之地，他们一年之中只有一小部分

---

　　[1]　威廉·考珀（William Cowper, 1731—1800），英国诗人。

时间来到这里，匆匆享受欢乐放纵之娱，在沉溺于这类狂欢之后，就回归到乡居生活的显然更加惬意的习惯中去。因此，社会各个阶层都遍布于英国的整个国土之上，即使你在最偏僻的穷乡僻壤，周围也能见到不同社会阶层的各色人物。

事实上，英国人在农村感情方面具有强烈的禀赋。他们对于大自然的美拥有敏锐的感受力，对于乡居乐趣和农耕劳作也有很深的爱好。这种热情仿佛是与生俱来的。即使是城市居民，出生和成长于砖墙闹市之间，却很容易培养起乡村生活的习惯，显示出各种乡村职业的技能。商人在大都会近郊都有舒适的休憩之地，他们在那里营造花园、培植果木，所显示出的巨大自豪感和热忱，并不逊色于他们在生意经营上的作为和在商业发展上的成功。甚至那些命运较差的人，注定了只能在喧嚣拥挤的市廛之中度过时日，也要尽力在周围栽种些花木，能随时提醒自己想到大自然绿意盎然的面貌。在城市最阴暗邋遢的区域，客厅的窗台看上去总像是开满鲜花的坡地。每一处可以栽植的方寸之地都有草圃和花坛，每个广场都有仿建的园林，布局富于诗情画意，青翠绿意悦目怡情。

我们只在城市里看到的那些英国人，其社会性格很容易让人形成不好的印象。在大都会里，要么他的身心都深陷在事务当中，要么就被许多耗费时间、思想和感情的约会弄得心神不定。因此，他通常是一副匆匆忙忙、心不在焉的模样。无论你在什么地方碰见他，这一刻他恰好正要到别的什么地方去；此刻他在和你谈论某个话题，可他的思想正转向别的事情；他对你做一次友好拜访的时候，却正在盘算自己要如何节省时间，以便赶赴安排在上午的另外几场访问。像伦敦这样的特大都市，简直是刻意要把人变得自私而无趣。他们在一些偶尔和短暂的会面中，除了几句简单的客套话之外，很难再多说什么。他们表现出来的只是其性格表面的冷漠——至于性格中种种丰富仁厚的品质还来不及暖热起来往外流溢。

正是在乡村生活中，英国人的天然感情才得到真正发挥的天地。他欣然从城市冷漠消极的礼仪客套中摆脱出来，抛开沉默含蓄的习惯，变得欢欣和开放起来。他会设法把上流社会的一切便利和优雅的事物都聚集在身边，却把它的约束丢掉。他的乡村居所中有的是满足各方面要求的条件，无论是幽居潜心读书、满足艺术享受还是从事野外运动都行。书、画、音乐、犬马和各种打猎器械，都触手可及。他对自己和对客人都不会加以任何限制，而以真诚的东道之谊提供种种娱乐的条件，让每个人都能随心所欲地参与其中。

英国人在农田耕作和所谓园林景观上所表现的情趣，是无与伦比的。他们热切专注地研究大自然，对于她的美丽形象与和谐协调培养起了一种精微感觉。大自然的魅力在其他国家往往大量散见于荒郊僻野之间，而在这里却被收聚在人们的家园生活的居所附近。他们似乎把自然界的一切不轻易示人的优美仪态全都捕捉在手，然后犹如凭借魔力一般使之展现在自己的乡居住宅周围。

没有什么比英国园林景物的壮观更能给人以深刻印象了。宽广的草地像鲜明的绿色地毯伸展开来，其间或点缀着丛丛巨树，浓密枝叶层层叠叠；庄严壮观的灌木丛和林地沼泽，不时有麋鹿成群结队地寂静漫游，野兔蹦跳着逃窜到隐蔽处，野鸡突然扑腾着振翅飞起；一条小溪被安排得蜿蜒流淌，颇富天然之趣；幽静的一泓池水，倒映着树木摇曳的身影，落叶静静安睡在水面上，鳟鱼无所畏惧地巡游在澄澈的水波中；一些乡村寺院和林间雕像，虽然因年久而长满绿苔或者阴湿发霉，却也给这幽僻之境增添了某种古典神圣的趣味。

这些只不过是园林景色的几种特色而已，最使我喜爱的则是英国人那种善于对中产生活朴素无华的居所加以装点的创造才能。最粗陋的房屋，最不堪造就的一小块贫乏土地，到了一位有品位的英国人手里，都能变成一个小小的乐园。凭着他那善于分辨取舍的眼光，他能立即捕捉到它的一切潜在可能，并在头脑里勾画出未来的一片风景。原来的荒芜贫瘠之地在他的手下变得可爱了，然而产生这一切效果的匠心经营又几乎让人不能察觉。某些树木需呵护培植，其他一些又需细心修剪；花卉树木必须善于参差布局，以形成柔和优雅的扶疏枝叶；有的地方应该形成芳草茵茵的绿草斜坡，有的地方又要让人窥见遥远的一片蓝天或者一片银光闪耀的水波：所有这一切都颇费意匠经营，无处不在但又含蓄不露刻意之痕，正像画家完成一幅得意之作时那具有魔力的勾描点染。

富人雅士们营造的乡间居所，在乡村社会中播散出某种程度的审美情趣和优雅气质，一直影响到最低的阶层。从事农耕劳作的人，只不过拥有一间茅屋和一小块土地，也会留心对生活环境加以美化。树篱修剪得整整齐齐，门前有草坪，小小的花坛周围环以黄杨，墙壁上爬满忍冬，花朵垂吊在花格窗前，窗台上放置着花盆，房屋周围栽植冬青，为的是它在冬季可以让人忘却那种荒凉凄清，仿佛向室内投射进夏日的葱茏绿意，更使壁炉散发出融融暖意：这一切都证明了从上层发源的情趣品位浸淫于社会思想的下层。如果诗人所歌咏的爱神也乐于光临人间的草棚茅屋，那必定是英国农家的村舍乡居了。

英国较高阶层对乡村生活的喜爱，对于民族性格产生了巨大而有益的影响。我没见过比英国士绅阶级更优秀的一类人了。不像其他大多数国家高层人士所特有的那种柔靡和娇弱，他们显示出一种优雅与力量、健壮体格与鲜活气质的统一，我倾向于把这归因于他们有那么多时间生活在户外，那么热切地追求乡村的增益精力的活动。这些艰苦的体力锻炼也培养了思想与精神的健康气质，以及举止气度上的雄健与单纯，即使是城市生活的荒唐放浪也不能轻易使其堕落，更不能完全将其摧毁。同时，乡村里不同的社会阶层似乎更能自由地相互接近，更容易彼此融合与和谐相处。乡村里社会阶层之间的分别似乎不像城市里那样明显和不可逾越。以小地产和农庄的形式构成的财产分布格局，建立起了一种规范的等级秩序，从贵族开始，然后是士绅阶层、小土地业主、殷实的农场主，一直到从事耕作的农民；这一方面把社会阶层的两端联合起来，同时也向每一个中间阶层注入了独立的精神。必须承认，这种情况现在已不像从前那样普遍，在最近的萧条年代里，较大的产业兼并了较小的产业，而且在这个国家的一些地方，几乎消灭了强健坚实的小农场主阶层。不过我相信，这些只是我刚才提到的总体制度中的偶然断裂而已。

从事乡村的工作与消遣并无卑贱可耻之处，它把人带入具有天然宏伟壮丽的景物之中，让他自己心灵的机能受到最纯洁最高尚的外界影响的陶冶。处于这种环境中的人或许是简单和粗鲁的，但不会低俗。因此，一位具有高度修养的人士在跟乡村里地位较低的人们交谈时，不会有任何的优越感，这与他同城市下层人们偶尔往来时的感受不同。他会把平日的矜持与含蓄抛在一边，欣然放弃忘却地位的差别，去享受那种普通生活的真诚淳朴之乐。确实，乡村的种种娱乐的确会使人们越发紧密地聚集起来，狩猎时的号角声与犬吠声会把人们的所有感情融入一片和谐。我相信，在英国，贵族乡绅阶层在地位较低的阶层中较之其他国家更受欢迎；而后者尽管承受着过度的生存压力和极端困境，对财富分配不公与特权却并无普遍的怨愤，这应该是重要原因之一。

贯穿在英国文学中的乡土感情，或许也要归因于文明社会与乡村社会的这种混杂状况。英国文学中经常采用乡村生活的图景，那些从乔叟[1]的《花与叶》延续下来的，充溢于英国诗人笔下的对大自然的无与伦比的描写，给我们的书房带来了清新田园图景的活色生香，这一切无不与此有关。其他国家的田园作家似乎对大自然只是偶一光顾，对它一般的美丽魅力只不过稍有领略；但英国诗人却是与大自然一起生活、共享欢乐——他们在她最常去的隐秘地追寻——观察她那最细微的变幻无定的风貌。一枝在微风中摇曳的枝条——一片扑簌坠地的落叶——一滴鸣溅于溪涧的钻石般的水滴——一缕发自野生紫罗兰的幽香——一朵在清晨绽放出猩红色花蕾的雏菊——这一切无不被多情而细腻的观察者注意到，精心锤炼成优美而富于意蕴的景象。

---

[1] 杰弗利·乔叟（Geoffrey Chaucer, 1343—1400），英国诗人，英国近代文学的奠基人。

高雅之士奉献给乡村生活的这种热忱，对于这个国家面貌的影响是令人惊叹的。这个岛国的大部分地区地势相当平坦，假如没有人工开发所赋予的魅力，只会是单调乏味的，但是它看上去却似乎处处点缀和镶嵌着古堡宫殿，装饰着园林庭院。英国的宏伟壮丽的天然景物本不丰富，其特色在于乡村休憩和荫蔽幽静的家庭田园风光。每座古老的农舍和每间长满苔痕的茅屋都是一幅图画，因为道路总是不断地迂回曲折，眼界总是被丛林绿篱阻断，人工营造的可爱的小块风景延续伸展，绵延不断，的确令人赏心悦目。

　　不过，英国风景的最大魅力却是仿佛弥漫于其间的一种道德感情。它的风景之美让人们在心中联想到秩序、宁静、合理构建的原则，以及久远的习惯与自古尊崇的风俗。这里的每件事物似乎都是在世世代代规范与和平的生活中孕育出来的。早期建筑的古老教堂，有着低矮厚重的门廊，巍峨的哥特式钟楼，精心保护的嵌满花格与彩色玻璃的窗户。昔日武士与名人的堂皇墓碑，他们是下面这块土地如今的主人们的祖先；而累累坟冢记载着它历代坚毅茁壮的自由民，他们的子孙仍然耕种着同一的土地，崇奉着同一的信仰。这里的牧师住宅形状最为奇特不一，一部分属于往昔的建筑，但遵循若干世代的各届主人的欣赏品味屡经翻修改建；——自教堂墓地延伸出篱墙与小径，依照已不可记忆的通行权，跨越怡人的田野，顺着绿荫树篱延伸；——临近的村庄，历史悠久的茅舍令人肃然起敬，树荫下的公共草地，当代居民的祖先们曾经在此游乐嬉戏；——旁边一座古旧巨宅独立于小块乡村土地上，以巍然的保护者的气度俯瞰着周围的景物。总之，所有这一切普普通通的英国景观，都显示着一种淡泊宁静、安全无虞之感，以及淳朴之风与乡土之情的世代传承，都深切动人地讲述着这个民族的道德风尚。

每逢礼拜天清晨，当钟声正把它庄重的乐音传遍宁静的田野，你会看到村民们都穿上了最精美的服装，面色红润，怀着有节制的欢欣，成群结队安静地沿着绿径走向教堂，那景象实在令人愉快。更令人愉快的是在傍晚看到村民们聚集在自己的家宅门前，似乎在欢乐地欣赏他们简陋的舒适居所和一切点缀装饰，而这一切都是他们亲手造就制作的。

正是这甜蜜的家园感情，这对自己乡土景物的安宁恬适的感情，才真正是人们最持久不渝的美德与最淳朴的乐趣的来源。一位现代英国诗人对这一点表达得最为恰当，我觉得在此引他的诗作来结束这篇漫谈，是再合适不过了。

不论什么等级，从城堡内的殿堂，

都市的拱顶，绿树荫翳的别墅，

特别是那无数的朴素的邸宅，

从中产阶级生活的乡镇村庄，

直到山谷间的农舍和茅屋；

这西方岛屿因风光而久享盛名，

家庭幸福在这里得以栖居；

而家庭幸福，像一只纯洁无邪的白鸽，

（光荣与甜美的爱抚一直将它呵护）

它能把飞遍人间去寻觅的欲望，

全都聚集在一个宁静的小窝中；

它能在世界逃逸时，自享一个世界；
无须别的见证，而由共享者自成天堂；
它就像深藏在悬崖里的一朵花，
独自微笑，尽管只仰望着天空。

乡村教堂

一位绅士!

是一包羊毛,还是一箱白糖?

是天鹅绒带子? 用磅还是码,

来叫卖你的绅士身份?

——《乞丐的蓬头》

对于人的性格研究而言,很少有别的地方比在英国的乡村教堂里更适宜的了。一次,我在一位友人家度过了几个星期,他家正好位于一个外观特别引起我喜好的教堂附近。这是那种为英国景物赋予特殊魅力的一处小小的古意盎然的遗迹。它矗立在一片住满古老家族的乡间,而在教堂冷清而寂静的侧廊里,安放着许多高贵家族世代留存下来的遗骸。教堂的内墙上镶满了不同年代和风格的墓碑。窗户的彩色玻璃上雕饰着富丽的纹章盾徽,使透进的日光变得暗淡了。教堂各处都有骑士和贵妇们的坟墓,工艺精湛,墓上还有彩色大理石雕像。目光所及,比比皆是在渴望中度过一生的人,皆是人类自尊在自己同类的遗骸上、在最谦卑宗教的这座寺院中树立起的傲然纪念物。

教堂会友由不同的人们组成：有些是附近地区有地位的人，他们坐在有华丽的衬里和软垫、配有镀金祈祷书的靠背长椅上，在座位的入口处装饰着他们各自的家族徽章；有些是村民和农夫，他们坐满了教堂后排的位子和风琴旁边一个小走廊；还有教区的贫民们，他们排坐在侧廊里的长凳上。

礼拜仪式由一位老用鼻子吸气、养得肥肥胖胖的教区牧师主持。他在教堂附近拥有一所舒适的住宅。在街坊四邻的餐桌上，他是位享有特权的客人，曾经是本乡最敏捷的猎狐手，后来年龄和舒适生活使他不能再狩猎了，只能骑马陪同猎犬出猎，并在聚餐会上分享猎物。

在这样一位牧师的管领之下，我觉得自己的思绪难以进入能与此时此地的情景相和谐的境界。于是，就像其他意志薄弱的基督徒一样，借助于把自己的懈怠之罪归咎于他人而求得心安理得的办法，我便全副身心地开始观察周围的邻居去了。

我在英格兰迄今仍是个异邦人，总怀着好奇心去注意观察上层社会人们的行为举止。如往常一样，我发现最能受到人们一致敬重的人，却最少虚伪做作。例如，一个有众多子女的高层贵族家庭就让我印象特别深刻。他们的外表再简朴和谦逊不过了。他们去教堂通常总是衣饰简单，且是步行。他家的年轻小姐们会在途中停留，以最亲切的态度跟农民们交谈、爱抚小孩、倾听卑微的村民们讲他们的琐事。她们的表情开朗而美丽动人，表现出高度的优雅，同时又流露出发自内心的欢乐与和蔼可亲。她们的兄弟身材高挑，体态优雅。他们穿着入时却又很朴素，严谨整饬、十分得体，没有半点矫揉造作和浮华气息。他们整个举止随和自然，那种高尚的优雅和高贵的率直，表明他们自由的心灵在成长过程中从未受过自卑感的挫伤。对于真正的高贵而言，他们具有一种健康的坚毅性，并不惧怕与地位卑微的人们接触交往。只有那种虚假的自尊才是病态而敏感的，才畏惧与外界接触。我看到这些贵族子弟饶有兴味地跟农民谈论乡间事务和野外活动，这样的态度真让我高兴。在他们的交谈中，见不到一方的趾高气扬，也见不到另一方的卑躬屈节，只是由于农民们习惯性的尊敬态度，才让你察觉到双方的地位差异。

与他们形成鲜明对比的，是一个积攒了大笔财富的阔佬之家。这个阔佬从附近一位破落贵族手中买下产业和邸宅之后，便竭力模仿当地世袭贵族的一切作风气派。这家人上教堂的时候，总是摆出一副"王公贵族"的派头。他们耀武扬威地坐在装饰了徽章雕饰的马车上奔驰。马具上凡是可能贴放纹饰的地方都不空下，到处银光闪闪。驭手座位上坐着一个肥胖的马车夫，头戴镶有华丽花边的三角帽，一副亚麻色假发卷曲地紧贴在他那张红润的脸庞上，身旁还躺着一条健壮的丹麦犬。两个身穿豪华制服的男仆拿着巨大的花束和顶端镶金的手杖，懒洋洋地跟随在他身后。马车车厢在长长的弹簧片上起伏弹跳，显出一种特别堂皇的动感。拉车的马匹咬着马嚼子，拱起马脖子，睥睨的眼光都比普通马匹更显得高傲。或许因为它们多少接受了这家人的熏陶，再不然就是缰绳勒得比普通马匹更紧了。

这列壮观的队伍就以如此声势抵达教堂庭院的大门，令我赞叹不已。马车转过一处墙角的时候，制造出巨大的效果——马鞭噼啪一响，马匹全力奋进，马具光芒闪耀，车轮闪电般飞碾过沙石地。此刻正是马车夫得意扬扬、卖弄虚荣的时候。他一会儿策马飞奔，一会儿又勒紧缰绳，直到把马折腾得口吐白沫。马匹甩开四蹄向前腾跃，冲击得碎石飞溅。那些静静地步行前去教堂的村民们仓促之间往道路左右闪躲，在茫然的惊羡之中目瞪口呆。到了门前，马车夫猛地一勒缰绳，车子戛然停下，几乎使马匹跪落在地。

一个男仆急忙跳下马车，放下脚踏板，为这个尊贵家庭降临地面做好一切准备。那位年长公民首先把他红彤彤的圆脸露出车门外，带着自负的神态环视四周，仿佛一位惯于操纵交易所的大亨，点点头就足以震撼股票市场。他的配偶——一位漂亮、肥胖、神情舒畅的夫人紧跟在后。我必须承认，她的神态里似乎不带多少傲气。她呈现的是一幅宽宏、诚实和世俗享乐的图画，这个世界对她而言万事如意，于是她也就很喜欢这个世界。她有漂亮的服饰，舒适的住房，华丽的马车，称心的子女，对她来说一切都很好。她要做的无非是坐车兜风、访友做客、聚会欢宴而已。生活对于她来说，就是永恒的寻欢作乐，就是一个长长无尽的"伦敦市长节"。[1]

两个女儿跟随着这一对好夫妻。她们当然长得漂亮，可是有一种目空一切的神气，难以引起别人的赞赏，也让旁观者的眼光变得挑剔。她们的穿戴过于时髦，尽管谁也无法否认她们打扮得富贵华丽，却会质疑这样是否适宜于一座乡村教堂的朴实无华。她们倨傲地从马车上走下来，迈着对自己脚踏的这块

---

[1] 伦敦市长节（Lord Mayor's Day），选举伦敦市长的庆典日，原为每年的10月28日，后改为11月9日。

土地而言过于优雅的步子，走过一行农民的队列。她们那散漫的目光向四周扫射，淡漠地从农民们壮实的脸庞上一掠而过；而当她们的目光同哪个贵族家庭成员的目光相遇时，她们的脸上却立即露出明朗的笑容，赠予最殷勤、最优雅的致礼；对方的还礼则显示出彼此不过是泛泛之交而已。

我不应该遗忘我们这位雄心勃勃的公民的两个儿子：他们带着随车侍从，坐着漂亮的双驾两轮马车来到教堂。他们的打扮堪称时尚之极致，这种服饰上华而不实的卖弄，标志着一个人的着装品位仅为追求虚荣矫饰。他们完全与其他人脱离，目光轻蔑地斜视着每一个走近他们的人，仿佛在估量别人是否值得尊重；而他们彼此之间也不交谈，只是偶尔说上只言片语的无聊话。甚至他们的动作也是僵硬造作的，因为他们的身体要随时尚的反复变化而矫正，已经毫无从容和自由可言。为了把他们打造成时尚男士，人工技艺已经尽其能事，可是造化却无法赋予他们那种无可言说的优雅。他们生来就形体粗陋，同那种为生存而劳作的普通人一样，可是他们又摆出一副在真正的绅士身上绝对看不到的目空一切的自负神情。

我相当详尽地描绘出了这两个家庭的图画，因为我认为他们是这个国家里常见的两种类型——谦逊质朴的伟大者和傲慢骄横的渺小者。我绝不一味尊崇头衔地位，除非那些人同时具有真正高贵的心灵；不过我发现，在一切存在着人为的等级区分的国家里，最高阶层的人通常总是最有教养和最为谦逊的人。那些对于自己的地位具有充分自信的人，是最不会凌驾于他人地位之上的；而那些以羞辱自己的邻人来抬高自己的庸俗意图，却是最令人厌恶的。

既然我对这两个家庭进行了一番比较，就还应该注意到他们在教堂里的表现。那个贵族之家安静、严肃而专注；这并不是说他们对任何事物都有虔诚的热情，而是他们具有与其良好教养不可分割的对神圣事物和神圣处所的一种敬畏。而另一家则恰好相反，他们一直坐立不安，窃窃私语。他们一心要炫耀那些华丽服饰，野心勃勃地想在乡村教徒当中出尽风头，这番心思真是太拙劣了。

　　那位老绅士是唯一专心致志做礼拜的人。他承担起全家人表达虔诚之心的重任，站得笔挺，以整个教堂都能听见的声音应答着牧师的祈祷文。显而易见，他是属于那种彻底主张教会与王室结合一致的人，把虔诚与忠贞的概念熔为一炉。他们认为，无论因为什么缘故，政府党派和宗教融合为同一种神性，是"一种必须支持和维护的无与伦比的东西"。

　　当他高声地加入到礼拜的祈祷问答中去的时候，似乎更像是正在为低下阶层的人们树立榜样，似乎要向他们表明自己尽管如此有地位，如此富有，但在宗教信仰上仍然谦卑虔诚。这就像我曾目睹一位被鳖汤养肥的市参议员当众吞食下一碗救济汤，每喝一口都要咂咂嘴说这是"穷人的佳肴"。

　　礼拜结束后，我好奇地观察着两家人不同的离去方式。因为天气晴朗，贵族青年和他们的姐妹更愿意一边同村民们聊天一边穿越田野，漫步归家。另一家人的离去正如来时，又一次张扬踔厉。马车隆隆驶向大门，再一次响起马鞭的啪啪声、马蹄的嘚嘚声，还有马具锃亮的闪光。马匹几乎是一跃而起，村民们又一次急忙左右避让，车轮后腾起一阵尘土，这自命不凡的一家人像旋风般从人们的视线中消失了。

乡村葬礼

这里只有几朵鲜花！但到午夜会更多：

草叶上带着夜的凉露；

是坟墓最好的点缀——

你们就像凋谢的花；甚至我们

在墓上撒下的草叶，也会凋谢。

——《辛白林》[1]

在英格兰的某些地方至今仍然保留着一些美丽而质朴的乡村习俗，其中之一就是在葬礼前要撒布花朵，并在故去的朋友墓地上栽种花草。据说，这是原始教会某些仪式的遗风。不过，它其实具有更为久远的历史，曾经为希腊人、罗马人所奉行，并经常为他们的作家所提及。而且，毋庸置疑，这是远在艺术还没有承担起把忧伤化为哀歌或者记叙于碑文的任务之前产生的，是本真情感的自发献祭。如今，只有在这个王国最边远、最偏僻的地方才能看到这一习俗，在那里时尚与革新还未能蜂拥而入，把古代一切奇妙有趣的遗迹践踏殆尽。

---

[1] 《辛白林》（*Cymbeline*），莎士比亚的后期剧作。

在格拉摩根郡，我们听说停放尸体的床上要覆盖鲜花，在题为"奥菲利亚"的原始的哀伤组诗中，有一首就提到这个习俗：

> 他的尸衣像高山积雪般洁白，
>
> 　　撒满了芬芳的花朵；
>
> 在哭泣声中走进坟墓，
>
> 　　伴着真心挚爱，泪如滂沱。

在南方某些僻远的乡村，在年轻的未婚女性的葬礼上也要遵循一种极其雅致和优美的习俗：由一位在年龄、形体和容貌上与死者最相似的姑娘，在死者面前佩戴上白色的花冠，随后再把花冠悬挂于死者在教堂里常坐的座位上方。有时候，这些花冠是用白纸仿制真花做成的，在花冠里通常要放上一双白手套。它们象征着死者的纯洁和她在天堂得到的光荣的桂冠。

在乡村的某些地方，死者也在圣歌和赞美诗的伴唱声中被抬往墓地。这是一种凯旋的象征，用伯恩的话来说："是为了表明他们已经欢乐地走完了人生旅程，成了胜利者。"我听说这是北部某些郡，尤其是诺森伯兰一带的习俗。在寂静的夜晚，在荒寂的乡村环境中，听到远处传来的送葬挽歌的哀伤旋律，看到送葬行列在田野里缓缓前行，有一种尽管忧郁却也悦耳的效果。

> 就这样，就这样，我们围绕着
>
> 你那无瑕而又无人光顾的墓地，

我们一边唱着你的挽歌，一边把

　　　水仙花

和别的花朵放置在

我们爱的圣坛——你的墓碑之上。

——赫里克

就连过往的旅客，对在这些与世隔绝的地方经过的葬礼行列也会致以肃穆的敬意，因为在大自然宁静的居所出现的这种场面足以让人铭心刻骨。当送葬行列临近时，行人会停下脚步，摘下帽子，给它让路。他接着会默默地跟随在后面，有时候他会跟随到墓地，有时候会随行数百码，在对死者默哀致敬后再转身继续赶路。

渗透在英国人性格中并给它赋予某种最感人肺腑、最能使情感崇高化的那种浓厚的忧郁气质，充分体现在这些哀婉动人的习俗之中，体现在普通民众对一块令人尊敬的宁静坟地的牵挂之中。一个最卑微的农民，无论他有生之年地位如何低下，也渴盼人们对他的遗体给予哪怕是些微的敬重。托马斯·奥维贝利公爵在描写"漂亮而快活的挤奶姑娘"时写道："她就这样活着，她操心的只有一件事，就是能在春天死去，有许多鲜花堆积在她的灵床上。"与民族感情共呼吸的诗人们，不断地提到这种对于墓地的深切挂虑。在博蒙特和弗莱彻[1]合著的《少女的悲剧》里就有这类情感的一个很好的例证，它描述一个愁

---

[1] 弗郎西斯·博蒙特（Francis Beaumont，1584—1616）和约翰·弗莱彻（John Fletcher，1579—1625），均为英国戏剧家，合作写过多部戏剧。

肠寸断的少女的变幻莫测的忧思：

> 当她看见一道堤岸上，
> 开满了鲜花，她叹息一声，告诉
> 她的仆从，这是个多么美好的地方，
> 正好将爱侣们埋葬；她让她的侍女
> 采摘花儿撒遍她全身，就像装饰尸体那样。

　　装饰坟墓的习俗曾经风靡一时：上方的柳枝被小心地折弯下来遮罩着墓地，以免草皮受到损伤，四周再种上冬青和鲜花。伊夫林[1]在《林木志》中这样写道："我们用鲜花和芬芳的植物装点他们的坟墓，它们是一个人生命的象征，在基督教《圣经》里，生命被喻为那些虽然扎根于耻辱之地，却在荣耀中复生的逝去的美好事物。"这种做法在英格兰现在已变得十分罕见了，但在威尔士山区偏僻乡村的教堂墓园里或许还能见到。我回忆起位于美丽的克鲁伊得河谷源头的拉申小镇上的一个类似情景。我也听到一位参加过格拉摩根某个年轻姑娘葬礼的朋友说过，死者遗体一入土，侍女们就会把围裙里装满的鲜花插在坟墓周围。

　　他注意到有几座坟墓都用同样的方式装饰。因为花只是插在泥土里而不是栽种下的，很快就枯萎了，而且可以看出其衰败的程度不一，有的干枯下垂，有的则凋落殆尽。之后这些花就被冬青、迷迭香和其他长青植物所取代，后者在某些墓地上

---

　　[1]　约翰·伊夫林（John Evelyn, 1620—1706），英国日记作家。

长得很繁茂，把墓碑也覆盖了。

从前，这些具有乡土气息的祭奠品的布置方式充满忧郁的想象，富于真正的诗意。玫瑰常常与百合交织在一起，构成对脆弱易逝的生命的象征。"这种甜美的花，"伊夫林说，"长在一根带刺的枝条上，与百合花相伴，是我们变幻不定、焦虑而短暂的生命的自然形象，它曾一度如此美好，却又难免遭受荆棘与磨难。"鲜花的种类和颜色，以及捆扎花束的缎带，通常与死者的品格或生平存在特定的联系，或者表达着悼念者的感情。在一首题为《柯里顿的忧伤钟声》的古诗里，一位恋人就详细说明了他想用的装饰品的含义：

我要编成一个花环，
　　用人间和天然的技艺，
那五颜六色的花儿，
　　象征着我的心意。

还有五颜六色的缎带，
　　配在花环上一起奉献；
不过多半是黑色和黄色，
　　伴随她走进坟墓。

我要用花朵装点她的坟墓，
　　它们为世间所稀有；
我要用骤雨般的泪水，
　　浇灌得它们永远鲜艳青翠。

据说，白色的玫瑰要栽种在处女的墓旁，她的花圈是用白色缎带来捆扎的，用以象征她的纯洁无瑕，不过有时候为了表达生者的哀思，其间也夹杂黑色的缎带。红玫瑰也偶尔用来纪念生前以善行著称的死者，但总的说来，玫瑰花适宜缀饰恋人之墓。伊夫林告诉我们，在他那个年代，在他居住的萨里郡附近，这一习俗并未完全消失。"在那里，少女们年年栽种玫瑰花，并用玫瑰花丛装饰她们已故恋人的墓地。"卡姆登在他的《布列塔尼亚》[1]里也有类似描述："很久以前这里也流行某种习俗，即在墓地上种植玫瑰花，尤其是那些失去情侣的青年男女，因此这里的教堂墓地现今遍地盛开着玫瑰。"

当死者曾在爱情上遭遇不幸，就会用更具阴郁特征的紫杉和柏树来做标志。如果要点缀花朵，那它们会是最忧郁的色彩。因此，在托马斯·斯坦利先生的诗集（出版于1651年）里有这么一节诗：

> 而你插在
> 我凄凉坟墓上的，
> 却是这样的祭奠品——
> 被遗弃的柏树和悲哀的紫杉；
> 因为多情的鲜花无法诞生，
> 或成长在这么不幸的土地上。

---

[1] 威廉·卡姆登（William Camden, 1551-1623），英国作家，"布列塔尼亚（Britannia）"为不列颠的拉丁名。

在《少女的悲剧》里萦绕着一缕哀婉的气息，说明对爱情上失意的女性死者，会采用这一种方式来装饰丧礼：

在我的灵车上放一个花环，
用悲伤的紫杉来编扎，
佩戴柳枝的少女们，
会说我死得忠贞。

我的爱是一种错误，但我爱得坚定，
自从我出生的那刻起，
直到柔软的泥土轻轻地
覆盖上我被埋葬的躯体。

哀悼死者的自然结果是使心灵得到净化与升华；整个殡葬仪式中所渗透的纯洁感情和毫不做作的美好情思，使我们获得了明证。因此，在葬礼中要特别留意，除了散发清香的常绿植物和鲜花之外，别的花木是不能使用的。看来这是旨在减轻人们对坟墓的恐惧，诱使人摆脱因生命消亡而产生的颓丧思绪，让人把对死者的记忆同大自然最精致、最优美的事物联系在一起。在墓地葬礼阴郁地进行过程中，在来自尘土的死者又复归于尘土之前，想象力躲避着，不敢对此进行思考；而在我们面前绽放青春与美丽的鲜花会唤起美好的联想，我们则力图带着这些联想来思念我们所爱着的死者的形象。莱奥提斯在为他的处女妹妹下葬时说："把她放进泥土里"——

从她娇美贞洁的躯体里，

但愿会长出紫罗兰！[1]

赫里克也在他的《耶弗他[2]的挽歌》里以死者在生者的记忆中永生不朽的写法，倾泻出一股充满诗意的思绪和形象的泉流。

你安睡在宁静中，在你香气氤氲的床上，

使这个地方成为天堂：

愿甜美生长！从此散发出

　　　　　浓郁的乳香。

让香膏肉桂散发芬芳，

来自你少女般的墓碑之上。

愿所有羞怯少女时常前来，

用鲜花把你的墓地撒遍！

愿女孩们，当她们来哀悼时，

　　　　　把香炷焚烧

在你的祭坛上！然后返回，

把你留在坟墓中安眠。

---

[1] 莎士比亚《哈姆雷特》第五幕第一场中，哈姆雷特的情人奥菲利亚因精神痛苦落水而死，其兄莱奥提斯为她下葬。

[2] 耶弗他（Jephtha），《圣经·旧约》中犹太士师，为给上帝献祭而亲手杀死女儿。

我本可以连篇累牍地摘录更早的英国诗人在这些习俗更为盛行之时乐于反复提及它们的那些诗篇，不过，我已经引用得超过了必要的限度。尽管如此，我还是忍不住要引一段莎士比亚的诗——即使它或许会显得平凡无奇——用它来说明这些华丽颂辞时常表达的象征性内涵；同时，它也具有莎士比亚那声誉卓著的语言魔力和意象的贴切：

> 带着美丽的花朵，
> 趁着夏季，趁我还在这儿，菲德丽，
> 我要缀饰你悲哀的墓地；你不能缺少
> 如你容颜的淡白色报春花；也不能缺少
> 如你气质的天蓝的蓝铃花；不，也不该没有
> 多花野蔷薇的枝叶；并不是要贬低它们，
> 它们香不过你的呼吸。

在这些当场采撷的、自发的大自然奉献物中，的确具有比最珍贵的艺术纪念品更令人感动的东西。在心中满怀温情时，亲手撒布鲜花，在感情凝结在草地四周的柳树上时，泪水洒落在墓上。与之相反，悲怆之情会在镂刻的凿子缓慢的劳作中泯灭，会在大理石雕像的冰冷的自傲中冷却。

这样真正优雅动人的习俗已经普遍消失，只存在于最偏僻、最无足轻重的乡间，的确令人深感遗憾。不过，似乎富于诗意的习俗总是被有教养的社会阶层拒之门外。人们变得越是有教养，就越是缺乏诗意。他们谈论诗歌，但学会了压抑诗情的自由冲动，怀疑诗中迸发而出的感情，用装模作样的形式和

浮华的礼仪去取代诗歌最动人、最形象的表现手法。再没有什么典礼比英国城镇中的葬礼更堂皇和更冷漠的了。葬礼无非是一场景观展现和阴郁的炫示：送丧的车辆、马匹、羽饰和把悲情当儿戏的雇来的哀悼者。杰里米·泰勒[1]说："坟墓挖好，一场庄严的丧礼，左邻右舍人声鼎沸，但等到一切结束，就再也没有谁还记得了。"在欢乐和拥挤的城市里，朋友很快就会被遗忘；纷至沓来的新知交和新欢乐会把他从我们的脑海中抹去，他所生活的环境和交往圈子在不停地变化。可是乡村丧礼却肃穆而感人。在乡村的环境中，死亡的震撼力传送得更广，它在乡村宁静划一的生活中是一桩令人敬畏的事件。丧钟的鸣响传进每个人的耳中，钟声让阴郁的气氛弥漫山冈峡谷，使田野树林罩上一片愁云。

乡村那恒定不变的风貌，也使我们对某位曾与之同享的朋友的怀念得以永存：他是我们逍遥尘世之外的散步伙伴，曾给每一处僻静的景物赋予生气。他的思想总与大自然的每一点迷人的力量相联系，我们会听到他过去愉快的呼喊所激起的回响；他的幽灵会在他生前曾时时涉足的丛林中出没，在荒凉高地的一片僻静中，或者在峡谷的忧郁美景中，我们会想起他。在愉悦的清晨那一片清新中，我们会回忆起他那容光焕发的微笑和欢跃的快乐；当寂静的黄昏带着聚集的阴影和柔和的宁静降临时，我们心中会浮起许多在轻声交谈和甜蜜心灵深处的忧郁中度过的许多光影朦胧的时刻。

---

[1] 杰里米·泰勒（Jeremy Taylor，1613—1667），英国主教和作家。

他会重回每一处孤寂之地，

　　泪水总会适时地为他洒落，

　　他会被爱戴，除非生活的魅力泯灭，

　　他会被哀悼，除非怜悯本身也消亡。

　　在乡间，对死者的缅怀得以长存的另一原因在于，生者
能更直接更经常地接触和看到他的坟茔。他们在前去祈祷的途
中会经过它，他们在内心被虔诚的礼仪所柔化时会看到它；在
安息日，当心中摈弃了一切尘世杂念，思绪从当前的欢乐和爱
恋转开去，而在对往昔的严肃回忆中静坐时，他们就正在它旁
边流连。在北威尔士，农夫们会在故去友人下葬后的几个礼拜
天里跪在坟前祈祷；而在撒布和种植鲜花等温情习俗尚存的地
方，在复活节、降灵节和其他一些能把往昔共享欢乐的伙伴鲜
活地带回记忆中的节日里，这种习俗总会再现。而且它始终只
能由最亲近的亲友们来履行，绝不允许假手于奴仆或者雇来的
人。假如有邻里来给予协助，会被看作是因为对死者生前有某
种亏欠而做出补偿，那是一种侮辱。

　　我之所以要详尽描述这一美好的乡村习俗，是因为它既
是一种最后残存的，也是最神圣的爱的献礼。坟墓是对真诚情
感的严峻考验。在那里，灵魂中的神圣激情显示出它比纯粹动
物性情感的本能冲动更为高尚。后者必须依靠所爱对象的存在
而保持其鲜活生动，然而灵魂深处的爱则能存活在久远的回忆
中。单纯的感官欲望会随着激起它的死者一起凋萎消亡，因此
会带着畏惧和厌恶避开墓地。可是正是在这里，真正的内心情
感却会从每一种感官欲望中得以升华，像一团圣火照亮并净化

生者的心灵。

对死者的悲痛之情是我们唯一不愿摆脱的感情。其他任何创伤我们都试图加以治疗——其他任何痛苦我们都试图把它忘却；唯有这一个创伤，我们却认为不应该使之愈合——唯有这一种痛苦，我们会将它珍藏，在孤寂中为之沉思。有哪一个母亲情愿忘掉在她怀中像鲜花一样凋谢的婴儿，尽管每一次回忆都是一阵剧痛？有哪一个孩子情愿忘掉自己满怀柔情的父母，尽管每一次回忆都是一次哀悼？有谁会在坟墓掩盖他最爱的恋人的遗体，他的心随着墓穴的封闭而碎裂之时，会接受那必须用忘却才能换来的慰藉呢？——不，比坟墓更久远的爱，是灵魂最崇高的奉献之一。如果说爱有自己的悲哀，那么它也同样有自己的欢乐；当汹涌而至的痛苦化为回忆的柔情泪滴时，当我们挚爱的人谢世而突然带来的剧痛和令人震颤的悲哀化为对可爱往日的忧郁沉思时，有谁愿意驱除内心深处的这种哀愁呢？尽管哀伤有时会在充满欢笑的快乐时刻投下一片阴云，或者让忧伤的时刻罩上更浓重的悲哀，可是有谁会用欢乐的歌声或者喧嚷的狂欢去取而代之呢？不，坟墓里有比歌声更甜美的声音。那里保存着我们对死者的记忆，我们甚至宁愿避开生活的诱惑而去聆听它。啊，坟墓！——坟墓！——它埋葬了每一次错误——掩盖了每一个缺陷——熄灭了每一桩怨愤！从它平静的胸膛中喷涌出的只有怜爱的悔恨和柔情的回忆！即使是仇敌的坟墓，谁又能对它鄙夷不屑？面对昔日争战不休而如今已化作眼前一抔腐朽黄土的可怜的敌人，谁能不感到一阵内疚的震颤？

而我们所爱的人的坟墓——那是怎样的令人冥想的地方！

正是在那里，我们在久久的回顾中想起了富于美德和温情的所有往事，想起了在日常亲密交往中给予我们的几乎习而不察的千般情意——正是在那里，我们久久体味着永别时的柔情，那种庄严的、可怕的柔情。死亡的床榻，弥漫着死亡的令人窒息的痛苦——它悄然来临——它不声不响、蹑手蹑脚地一步步逼近。这是正在熄灭的爱情的最后一次证明！虚弱、战栗、激情——啊！那是怎样一种激情！——双手紧握！那微弱的颤抖的声音，在临死之际还挣扎着再一次表达爱的许诺！甚至在跨过死亡的门槛时，那闪光的眼睛还向我们投来满含爱意的最后一瞥。

啊，到掩埋着爱情的坟墓前去吧，到那里去沉思冥想吧！到那里去用你的良知算算账吧——算一算你尚未报偿的每一次恩惠，算一算被你忽视了的每一点情爱，而那已经离去的人却永远——永远——永远不能因为你的懊悔而获得宽慰了！

如果你是一个孩子，曾给你慈爱的父母的心灵增添过一丝哀愁，或者在他们银白的眉额间增添过一道皱纹；如果你是一个丈夫，曾使那在你的怀抱中大胆表露了全部欢乐的多情胸怀，对你的慈爱或者真诚产生过片刻怀疑；如果你是一个朋友，曾在思想上、言语上或者行动上冤屈过一个宽宏大量地信任你的人；如果你是一个情人，曾给躺在你脚下的那颗冰冷的、停止跳动的真诚的心造成过不应有的痛楚；那么，毫无疑问，每一个不友善的表情，每一个不谦和的言辞，每一个不文雅的举动，都会重新涌现在你的记忆中，悲伤地敲打着你的心扉；那么，毫无疑问，你会哀痛而悔恨地躺倒在坟墓上，发出死者听不到的呻吟，流出于事无补的眼泪，由于听不到和于事无补，悲哀和悔恨也更加深重，更加苦涩。

　　那么，就编织你的花环，在墓地周围展示大自然的美丽吧。如果你能够，就用这些温柔却又无用的悔恨的奉献来慰藉你破碎的心灵吧。不过，要从你对死者深感悔恨的这种苦涩中获得警示，今后在对生者履行责任时应该更为忠诚、更为慈爱。

附记：

　　写作上面这篇文章，用意并非要对英国乡村丧葬风俗加以详尽的描述，而只是想提供几条线索和引证来说明一些特殊习俗，作为注释附于未完成的另一篇文章之后。在不知不觉之间它竟扩展成这样一篇长文，而这些习俗已有其他著作进行了既丰富又深入的研究，我只是做了一点粗略随意的说明而已，在此亦顺表歉意。

　　我还应该说明，我充分意识到这种用鲜花装饰坟墓的习俗在英格兰以外的国家也盛行。的确如此，在一些国家这类风俗还要普遍得多，甚至富人和追求时髦的人也这样做；不过这却容易使它丧失质朴性而沦为矫揉造作。布莱特[1]在其游记《南部匈牙利》里谈到大理石墓碑，谈到在遍种温室植物的凉亭间摆设座椅以供休憩的清幽之地，以及坟墓总是用当季的明丽鲜花所覆盖。他信笔描绘了一幅充满虔诚孝道的图画，对此我不能不逐字照录；因为我确信，描写女性的温婉美德既有益又快

---

　　[1]　约翰·布莱特（John Bright，1811—1899），英国政治家、演说家。

乐。"在柏林的时候，"他说，"我跟随着名人伊夫兰走向墓地。混杂在葬礼的队列中，可以发现许多真实情感的踪迹。在仪式进程中，一位年轻妇女引起我注意，她站在刚刚铺好草皮的一个土堆上，焦虑地保护着那块草皮不要受到过往人群的践踏。这是她父母的坟墓；这位充满柔情的女儿形象犹如一座纪念雕像，比最珍贵的艺术品还更引人注目。"

我还要直率地再举一个墓地装饰的事例，是我在瑞士山区遇见的。那是在里吉山脚下卢塞思湖畔的格索村，这里曾是一个小型共和国的首府，被阿尔卑斯山和卢塞思湖夹在当中，只有从陆路通过一条步行小道才能到达。共和国的全部军队不超过六百个作战人员，领土只有从群山腹地中辟出的周边几英里面积。格索村看上去似乎与世隔绝，仍旧保持着纯洁年代的那种宝贵的淳朴。村里有一座小教堂，连着一片墓地，坟墓顶端立着木制或铁制的十字架。有些十字架上安放着小画像，技艺虽然粗糙，但显然想画出死者的面貌。十字架上挂着花圈，有些花已经在枯萎了，有些则很鲜活，好像会不时更换。我颇有兴味地驻足观看，我觉得自己心里有诗情涌动，因为这些美丽而不假造作的心灵的奉献正是诗人所乐意记录的。如果它们出现在一个更繁华更喧嚷的地方，我会怀疑是受到了来自书本的矫情做作的启发，可是淳朴的格索人却对书本知之甚少。村子里没有一本小说，也没有一首爱情诗。我也怀疑，当地是否有任何一位村民在为情人编制花环的时候，会想到自己在完成一种充满诗意的奇妙习俗，会想象自己实际上是一位诗人。

伦敦的礼拜天

在前面一篇文章里[1]，我谈到英国乡村的一个礼拜天，以及这一天对风光景物产生的宁静效果。然而，礼拜天那神圣的影响力，有什么地方能比在伦敦这个"巴别塔"[2]的中心表现得更令人惊异呢？在这个神圣的日子里，伦敦这头巨大的怪兽仿佛被魔法催眠而安息。在周末，令人难以忍受的喧嚣与拼争终止了。店铺都关门了；熔铸锻造的炉火熄灭了；太阳不再被烟尘聚成的黑云所遮蔽，而把澄净的金黄色光辉投射到寂静的街道上。我们遇见的寥寥几个行人，都不再像平日那样满面焦虑匆匆赶路，而是悠然地迈着步子。由于公务和操劳而紧绷的眉宇舒展开来了，他们换上了礼拜天的衣着，同时也换上了礼拜天的面貌和星期天的风度，从模样到内心都净涤一新。

教堂钟楼上响起了动听的钟声，召唤着教徒们前来做礼拜。首先从那位体面商人的宅第里走出了他的一家人，小孩们跑在最前面，接着是一位市民和他的漂亮妻子，跟在后面的是他们业已成年的女儿们——她们折叠起来的手帕里放着小巧的

---

[1]　前几版《见闻录》的部分文章曾被删节。——原注

[2]　巴别塔（Babel），《圣经》中记载挪亚后人曾试图建巴别塔以通众神，上帝怒而毁之，后来"巴别塔"被人们用来指嘈杂混乱的地方。

摩洛哥皮面的祈祷书。侍女从窗口目送她们，赞赏着这家人的精美服饰，或许从自己服侍过梳妆打扮的小姐们那儿，她此时正得到一次点头或微笑作为回报呢。

不一会儿，有马车辘辘驶过，这是本城某位达官贵人——或许是高级市政官，或许是行政司法长官；不一会儿，又传来一阵啪啪的脚步声，那是慈善会研习者们的行列，他们身穿古老式样的制服，每个人的臂下都夹着一本祈祷书。

钟声停息了，马车的隆隆声停止了，啪啪的脚步声也听不见了。信徒们都被关闭在古老的教堂里，集中在拥挤的城市的各个小巷或者角落里，教区事务助理像机警的牧羊犬，在礼拜堂门口四面张望着。有片刻时间，听不到半点声音，但很快就响起了风琴深沉的乐音，向四周弥漫，在空旷的小巷和院落上空震响回荡。唱诗班甜美的圣歌使得处处回响起美妙的旋律和颂歌。我倾听着教堂音乐就像欢乐的河水一样从这个大都会的最深处奔泻而出，仿佛使伦敦从这一周以来所有的污秽肮脏中超脱而出，让饱经人世忧患的可怜魂灵乘着欢悦和谐的浪潮升入天堂——可以说我从来没有如此深切地感受过教堂音乐神圣的净化力量。

早祷仪式结束了。教徒们纷纷回家，街道又热闹起来，可是不多久又再度陷入一片寂静。礼拜天午宴开始了，对于本城商人来说，这是一顿颇具重要意义的午餐。在餐桌上，有更多的闲暇来享受社交的乐趣。家庭成员们一周来分头忙着各自的辛苦工作，此刻才得以欢聚一堂。学生可以在这一天获得许可回家，家里有一位老朋友，坐到他在礼拜天餐桌的固定座位上，讲述他那些众人皆知的故事，用他那些人人熟知的笑话逗得一家老小乐不可支。

礼拜天下午，人们倾城而出，到公园或是乡间去呼吸新鲜空气，享受阳光。喜好挖苦的人满可以对伦敦市民星期天的乡间游乐高兴说什么就说什么，不过我却认为，看到那个拥挤不堪、烟尘弥漫的城市里那些可怜的囚徒能够每周一次投身于大自然的绿色怀抱中，却是颇为欣然的。伦敦人就像孩子又回到了母亲的怀抱中，那些最早在这座巨大都市的周围建设起美丽公园和宏伟游乐场的人们，倘若花费同样多的钱去修建医院、监狱和感化院，就有益于市民们的健康和道德而言，两者的贡献至少应该是相等的。

伦敦的古迹

> ——我在漫游，
>
> 提着黑色灯笼，想来就像吉多·沃克斯[1]，
>
> 偷偷把城镇点燃；在乡村里，
>
> 我会被当作点鬼火的威廉[2]，
>
> 或者精灵罗宾。
>
> ——弗莱彻

　　我多少带有古迹搜寻者的气质，喜欢探察伦敦，寻访古时的遗迹。这些遗迹大都要在城市的幽深之处才能找到，总是被一片荒芜的砖块灰泥所吞没，几乎湮没无迹，却也正因为包围着它们的平淡无奇的环境而产生了充满诗意的浪漫情调。最近一次在伦敦的夏季漫游中，我就被这一种情景所深深打动。因为，只有夏季去探察伦敦最为适宜，不会遭受冬季浓雾、阴雨和泥泞的困扰。一段时间以来，我一直在同舰队街上如潮的人

---

　　[1]　吉多·沃克斯（Guido Vaux），1605年曾试图推翻国王的阴谋家。

　　[2]　点鬼火的威廉（William o' the Wisp），英国民间传说中用鬼火把漫游者引入歧途的鬼怪。

流搏斗。炎热的气候使我心烦意乱，使我对每一次推挤冲撞、每一声噪声都很敏感。我身体疲惫，神志虚弱，不得不与忙乱喧嚷的人群拼斗，这使我感觉焦躁烦乱。在绝望的冲动之中，我冲出人群，一头扎进了一条偏僻小巷，在转过几个僻静的拐角之后，突然跨进了一座古雅而静谧的庭院，院子中央有一片草坪，草坪上方伸展着榆树的枝叶，一眼喷泉迸射出耀眼的水花，让草坪始终保持着清新与翠绿。一位手捧书本的学生坐在石凳上，一面读书，一面若有所思地望着两三个照料婴儿的漂亮保姆。

我就像一个从酷热的荒瘠沙漠突然来到一片绿洲的阿拉伯人。渐渐地，这儿的静谧和凉爽使我心神镇静，精神振作。我继续向前漫步，来到一座极为古老的教堂旁，这是一座宏大富丽的建筑，有个撒克逊式的低矮门廊。教堂内部呈圆形，颇为高朗，从顶上洒下光亮。四周是镌刻着古老日期的纪念碑式的墓群，上面矗立着大理石的全副甲胄的武士雕像。有些武士双手虔诚地交叉在胸前，有些则紧握剑柄，即使在坟墓中仍然虎视眈眈——而有几个交叉着腿的士兵看来是参加过争夺圣地的十字军战士。

原来，我正站在这座奇怪地坐落在肮脏喧闹的市中心的圣殿骑士团[1]教堂里。对于世人而言，像这样突然逃避开忙碌于赚取金钱的人生道路，在这光线微明、尘埃覆盖、湮没无闻的幽暗墓地里静坐下来，我认为必将获得更为深刻的教益。

---

[1] 圣殿骑士团（Knights Templars），1118年为保护圣墓和圣地而在耶路撒冷组建的骑士军。

在后来的考察之旅中，我又偶遇了这类锁闭在城市中心的一件"往昔世界"的遗物。当时，我已经在单调乏味的街道上漫游了一阵，没有任何能吸引我的视线或者激发我的想象的东西，就在这时，眼前出现了一个颓败的哥特式古老门洞。门内有一个宽敞的方形空地，四周矗立着堂皇的哥特式建筑，入口诱人地敞开着。

这显然是个公共场所，既然我是在探访古迹，也就迈开迟疑的步子斗胆走了进去。没有遇到有谁来阻拦或斥责我擅自闯入，于是我便继续前行，最后进入了一个有着高大拱形屋顶和橡木走廊的大厅里，里面的一切都是哥特式建筑风格。大厅的一端是一个巨大的壁炉，两旁放着带扶手的高背木长椅，另一端搭着一个平台，或许是讲坛，是一方尊贵席位。讲坛上方悬挂着一个身穿古代装束的男人的画像，一袭长袍，戴着轮状皱领，还有一部令人肃然起敬的灰白胡须。

这里的整个建筑陈设都弥漫着修道院般的宁静和与世隔绝的气氛，而更给这种气氛增添了一种神秘魅力的，则是自从我跨进门槛之后就没有看到一个人影。

因为独自一人，我增添了勇气，便在一个巨大的弧形窗户的凹处坐了下来。透过窗户射进一道宽阔的黄澄澄的阳光，彩色玻璃把阳光分割成斑驳的小方格图案投射到地上；从一扇敞开的窗扉里吹进了夏日的柔风。我把手臂放在一张古老的橡木桌上，双手托着腮，浮想联翩：这座建筑在古代是做什么用的呢？它显然原本是一座修道院；或许是当年为研习学问而建立的一所学院；富于耐性的僧侣们在修道院与世隔绝的生活里，一页页一卷卷地积累着自己智慧的产物，以之与他们栖居的这座建筑的宏伟相媲美。

就在我独坐沉思的时候，大厅远端弧形墙上的一扇镶嵌小门打开了，一群白发老人身披长长的黑色大氅一个接一个走出来，又按同样的秩序穿过大厅；他们一言不发，从我跟前经过时，每个人都转过苍白的脸望着我，然后消失在大厅另一端的一扇门后面。

对他们的形象我深感奇异。他们的黑色大氅和古风盎然的神态与这座肃穆而又神秘的建筑物的风格很是协调。他们就像在我惯常的冥想中出现的往昔幽灵，从我眼前飘忽而过。这样的幻想使我自己颇为愉悦，我便趁着浪漫的情怀，开始对我为自己描画的，存在于客观现实核心的幽灵国度进行了一番探究。

我信步漫游，穿过由一些内部庭园、走廊和损毁了的修道院构成的迷宫，因为主建筑物又有许多增添和附属的建筑，它们建于不同年代，具有各异的风格。在一块空地上，许多显然属于这座寺院的男孩正在做游戏；但我发现那些神秘的披着黑色大氅的白发老人却无处不在，有时独自漫步，有时聚集交谈，在这里似乎是处处现身的神怪。这时我想起曾读到过关于某些古代学校的描述，在那里要讲授占星审判术、泥土占卜术、亡魂问卜术以及其他种种被禁止的不可思议的学科。这个机构就属于这一类吗？这些披着黑色大氅的老人真的就是巫术教授吗？

这些猜测掠过脑海之际，我的目光又瞥见一个房间内部，里面挂满了形形色色古怪而粗粝的东西，有野蛮人的战争器具、怪异的偶像和被剥制的鳄鱼标本，有装在瓶子里的蛇和怪物，用来装饰壁炉台，而在一个老式床架高高的天盖上，一具人的头盖骨正在狞笑，两侧还有一只风干了的猫。

我走到近前，以便更细致地观察这个看上去适宜做亡魂问卜术实验的神秘房间，突然吓了一跳——我看见一张人脸正从一个幽暗的角落里瞪视着我。那是一个身材矮小、形容枯槁的老人的脸，双颊瘦削，两眼发光，灰白的眉毛粗硬而凸出。最初我怀疑这是不是一具精细保存的木乃伊，可是他动了动，于是我明白这是个活人。又是一个披着黑色大氅的老者，我凝视着他那古朴的容貌，他那陈旧的衣装，还有围绕着他的那些丑陋的不祥之物，这时我确信自己遇见了统率着这个魔法兄弟会的大首领。

他看见我站在门外，便起身邀请我进去。我壮着胆子听从了他，因为我怎么知道他会不会挥动一下魔杖，让我变形为一个怪物呢？或者会不会运用巫术把我收进他壁炉台上的瓶子里去呢？不过事实证明他并不是一个巫师，他那质朴的谈吐很快就驱散了我给这群古风盎然的建筑及其同样古风盎然的居民所蒙上的怪异与神秘。

看来我闯入了一座古老的收容院，它收留年事已高的退休商人和衰老体弱的房产业主，还附设一所学校收容数量有限的男孩。它是两个世纪前在一所古老修道院的基础上建起来的，还多少保留着修道院的气氛和特征。大厅里从我跟前走过的那一列幽灵般的黑衣老人，曾被我尊崇为魔法师的，原来是做完早祷回来的寄养者。

约翰·哈勒姆，这位被我认作大巫师的矮小的古董收集者，在这里已经待了六年，用毕生搜集的遗物珍品来装饰自己晚年的栖息地。据他本人的讲述，他曾经也多少算得上个旅游家，去过一次法国，还差点儿去了荷兰。没能去荷兰是他引以为憾的事，否则他就能说"自己去过那儿"了——他显然是个最初级的旅游者。

他的观念也颇带贵族气。我发现他总是超然地跟普通的寄养者保持着距离。他交往最多的人当中有一位是能说拉丁文和希腊文的盲人，对这两种语言哈勒姆都一窍不通；还有一位是个穷愁潦倒的绅士，他把父亲留下的四万英镑遗产和妻子的一万英镑陪嫁全都挥霍一空。小个子哈勒姆似乎认为，能够挥霍这么一笔巨款，那无疑是高贵血统和高尚精神的表征。

附记：

我为读者诸君的消遣而讲述的那处颇具画意的古代遗迹，就是如今被称作"卡尔特养老院"的地方，原名叫作"卡尔特教团[1]修道院"。它是托马斯·萨顿爵士1611年在一座古老修道院的遗址上建造的，属于那些个人慷慨捐助的高尚慈善行为之一，在伦敦的现代变迁和创新中保持着旧时的古雅圣洁。这里住着八十个曾经富贵尊荣而后穷困潦倒的人，在他们的晚年供给食物、衣服、燃料以及用作私人开销的年度津贴。他们就像古代的修道士那样，在原先的修道院餐厅里进餐。养老院还附属一所能容纳四十四名男生的学校。

有关这一主题我参考了斯托的作品，他在谈到这些白发寄养人的职责时说："他们不能涉入有关养老院的任何事务，只

---

[1]　卡尔特教团是1086年创立于法国的一个教派。

能致力于为上帝服务，怀着感恩的心情去接受提供给他们的东西，不能嘀嘀咕咕，说三道四，或者抱怨。任何人不得佩带武器，蓄长发，穿有色靴子、靴刺或有色鞋子，不得在帽子上装饰羽毛，穿类似流氓之流的服装或其他不体面的服装，而只应穿适合养老院寄养人穿的衣服。""事实上，"斯托补充说，"像这些老人，从尘世的操劳和烦恼中解脱出来，定居在如此好的一个地方安享晚年；别无考虑，一心只为自己灵魂的净化，为上帝服务，在兄弟之爱中生活，应该是幸福的。"

为了给那些对我前面记述的见闻感兴趣的人以及希望对伦敦的奥秘再了解多一点的人提供消遣，我附上了一小段当地历史——这是一位我造访卡尔特养老院后不久认识的老者提供给我的。这位老年绅士相貌古怪，头戴一小片褐色假发，身穿黄褐色外衣。我得承认，一开始我有点怀疑，觉得这份记载或许是那种不足为信的无稽之谈，常用来哄骗像我这样探根究底的旅游者，从而使我们普遍的诚实性格蒙受不应有的耻辱。不过在经过应有的查询之后，我得到了对该文作者的诚实品行的最令人满意的确认。而且，我被告知他确实参与了他所居住的这个非常有趣的地区的大小事务。对此所做的叙述不妨看作是一种预先体验。

威斯敏斯特教堂[1]

当我怀着深深的惊讶看到，
凭借著名的威斯敏斯特寺，
依靠那些青铜和石头的纪念碑，
多少王公和各色名人寻求永生；
我岂非看见尊贵荣华已被改变，
再没有轻蔑、傲慢，或者虚饰，
赫赫威权也不再能咄咄逼人，
脱净了浮华或者尘世的权势？
这一场用彩绘石头做的游戏，
怎样安抚了如今静默的鬼魂，
而原来他们所立足的整个世界，
曾无法满足或熄灭他们的欲望。

生命之福本是一场严冰寒霜，
死亡将我们的一切虚荣消融。

——克里斯托勒罗的箴言

---

[1] 威斯敏斯特教堂（Westminster Abbey），英国伦敦泰晤士河畔的著名教堂，为英国国王加冕和历代名人下葬之处。

晚秋时节，从清晨到黄昏的荫翳几乎连为一体，给岁暮投上了一片晦暗朦胧，就在这样一个静穆而颇为阴郁的日子里，我在威斯敏斯特教堂做了几个小时的漫游。这座古老建筑那带着悲凉韵味的宏伟气派，正与这个季节有几分相符；我一踏进它的门槛，似乎就步入了古老的世界，在往昔年月的阴影中浑然忘却了自己。

我是从威斯敏斯特教堂学校的内院进入的，先经过一条带拱顶的低矮长廊，阴暗的长廊内仅有一段从厚重墙壁上的圆形小孔透进了些朦胧的光线，使整个长廊看上去就像地下洞穴。顺着这条黑暗通道，我远远望见有几条回廊，还有一个老年堂守，身穿黑袍，正沿着那些幽暗的拱顶通道踽踽独行，就像是从邻近的坟墓中爬出来的鬼魂。经过这些阴郁的寺院残留建筑进入威斯敏斯特，使人预先已生严肃思省的心情。那些回廊仍然保留着往昔岁月的寂静偏僻的气氛。灰暗的墙垣因为潮气和年月久远，颜色暗淡；厚厚的一层绿灰白色苔藓覆盖了墙面碑石上镌刻的铭文，也掩盖了死者的头像和其他丧仪图纹。石拱上花窗格原有的富丽雕饰，那刀凿斧斫的鲜明痕迹已经消失；装饰拱顶石的玫瑰雕花也失去了花叶扶疏的华美；每一件东西都被打上了因时光而渐渐腐蚀的印记，但是其颓败之中，却也有某种触动人心和令人愉悦的意味。

太阳正把它秋日金黄的光线倾泻进回廊环抱着的庭院，照耀在中央的一片狭小的草坪上，拱廊的一角也被镀上一层暗淡的光辉。从拱顶走道之间，举目仰望则可瞥见一小块蓝天或一团飘浮而过的云朵；还能看见寺院的尖顶被阳光镀上了一层金，高高耸入碧蓝的天空。

当我在回廊里踱步的时候，有时沉思着这幅盛衰荣枯糅杂交混的图画，有时又去观看脚下用做铺路石的那些墓碑，努力去辨认墓碑上铭刻的文字。其中有三个墓碑的铭刻吸引了我的目光，碑上的浮雕原本粗陋，因为世代游客的脚步践踏，几乎磨损殆尽。这是早期寺院住持的雕像；雕像的铭文已经完全磨蚀，唯有姓名仍然留存，无疑是后来重新描刻的。（他们是：维塔利斯住持，死于1082年；克里斯平纳斯住持，死于1114年；劳伦斯住持，死于1176年。）我在此驻步片刻，对这些偶然留存的古代遗迹郁郁沉思，它们就像被抛弃在时间的遥远海岸的沉舟残骸，除了证明这些人曾一度生存过又死去了以外，并不说明什么；它们除了告诉人们那种希望借骨灰以求崇敬、凭碑铭以求永生的狂妄幻想完全无用之外，对人并无任何教益。过不了多久，甚至这点微茫的记载也将湮没，纪念物也不复有纪念意义！就在我俯视这些碑文时，忽然被寺院的钟声所警醒，钟声在扶垛之间震荡，在回廊之间轰响。这钟声在坟墓群当中响起，向人们警示着已逝的岁月，述说着时间的流逝，仿佛一个巨大的浪涛，把我们卷入地下的坟墓，听到它不禁令人心惊。我继续往前走向一道拱门，它通往寺院的内殿。一走进去，整座建筑的宏大顿时令我心中震撼，它和刚才见到的回廊拱顶形成了鲜明的对比。目光满含惊讶地凝视着一群群巨大的石柱，石柱上的拱顶凌空跃起到了令人惊诧的高度；人漫步于石柱的基脚下，与人类自己所建造的工程相比竟变得如此渺小。这座巨大建筑的宏阔与昏暗，不禁使人骤生深邃神秘之感。我们谨慎地放轻脚步，蹀躞其间，仿佛唯恐惊扰这墓地的神圣肃静；然而我们每一迈步仍会在壁间引发轻响，在坟冢间轻轻震颤，使我们更觉得自己打破了这一派静谧。

这个地方那令人敬畏的气氛似乎会对人的心灵产生压力，使观看者屏气凝神、肃然起敬。我们感觉到自己周围聚集的都是往昔伟大人物的骸骨，他们曾经以其伟业充斥史册，将其声名传遍世界。

然而，看到他们如今怎样拥挤在一起，在尘土中互相推撞；看到他们被如此杂沓地分于一处偏僻之地、一个阴暗的角落、一块狭小的土地，而他们在世之时，哪怕是王国也不能让他们满足；看到这里运用了多少雕像、造型和装饰技艺，以求吸引过往游客稍加注意，让某个名字在短促岁月里不致遭人遗忘，而那个名字曾经渴求世代占有全世界的思想和崇拜，看到这一切，不禁对人类野心的虚妄哑然失笑。

我在"诗人之角"流连了一阵，它占据着寺院的一个侧廊或十字耳堂的尽头一隅。墓碑一般都很简朴，因为文人的生平并没有给雕刻家们提供具有惊人效果的题材。莎士比亚和艾迪生[1]都立有纪念雕像，而大多数人物则只有半身像和雕像板之类，有的甚至只有几行铭文。尽管纪念物比较朴素，我却注意到进寺院的游客们在这里停留的时间往往最久。他们瞻仰的时候也怀着更温厚更喜爱的感情，而不像他们凝视伟人英雄们的宏伟陵墓时那种冷漠的好奇与模糊的赞叹。他们在这里徘徊流连，就像在朋友和同伴的墓前一样；因为作家与读者之间确实存在着某种友伴似的情感。其他人的后世声名仅仅是借助历史

---

　　[1]　约瑟夫·艾迪生（Joseph Addison，1672—1719），英国作家、诗人、剧作家。

的媒介，因而这种声名也会随岁月流逝变得模糊而晦暗，然而作家和他的同胞之间的关系却是永世常新、鲜活而毫无隔阂。他们活着与其说是为了自己，不如说是为了他们；他们牺牲了身边一切享乐欢娱，禁绝了社会生活的乐趣，为的是让自己能更亲密地与远方和异代的人进行思想感情的交流。但愿世人珍视他们的声名，因为这绝非通过暴力和鲜血的行径来攫取，而是凭借辛勤劳动带给人们的快乐。但愿后人会心怀感激地纪念他们，因为他们给后世留下的遗产并非一些虚空的姓名和喧嚣一时的行为，而是整个智慧的宝库、思想的结晶和珍贵的语言血脉。

离开"诗人之角"，我继续漫步前往寺院安置帝王陵寝的那个区域。我在这曾经是几座小教堂，现在则被大人物们的陵墓与纪念碑所占据的地方徘徊。我每一转身都能见到许多显赫的名字，或者历史上一些豪族巨室的纹章徽记。当我把目光投进那些幽暗的墓室中去时，总会瞥见种种奇形怪状的人物雕像：有的跪在龛中，仿佛在礼拜；有的躺卧在墓穴上，虔诚地双手合十；有的是身披甲胄的武士，仿佛刚从战场归来在憩息；有的是主教之类，手持权杖，头戴法冠；有的是长袍峨冠的贵族，仿佛是殡殓后供人瞻仰的模样。目睹这一场景，如此奇异地拥挤在一处，而每座雕像又如此凝滞静默，不禁觉得仿佛是走进了那座传说中的城市的一座宅第，里面的每个人都突然被魔法变成了石头。

我在一座墓前驻步沉思，墓上有一座全副甲胄骑士的雕像。他一只手臂挽着大圆盾，双手紧贴在胸前做祈求状，面部几乎被高顶头盔掩盖着，两腿交叉，意味着这位骑士曾经参加过圣战。这是一位十字军人的陵墓，他是当年的一名军事狂热分子，在这些人身上，宗教和传奇两者奇异地混合着，他们的功绩也都是事实与虚构、历史与神话的结合。这些冒险者的坟墓都装饰着粗犷的纹章雕饰和哥特式雕像，极具美观的效果。它们跟通常所处的古老的小教堂也非常和谐；因而在我们凝神默想之际，过去诗歌围绕着基督圣墓之战而流传开来的种种传说逸事、浪漫传奇、豪侠精神、华丽庆典等等，很容易把我们的想象点燃。这些遗物属于早已逝去的时代，那些人物已经超越了人们的记忆，那些风俗习惯也都与我们完全无关。他们就像是些来自遥远异域的事物，我们对它们既缺乏确切知识，对于它们的所有印象也模糊而虚幻。不过那些哥特式陵墓上的雕像也具有某种极为庄严肃穆的气派——不论是在死亡的沉睡中僵卧的，还是在临终时刻祈祷的。同许多近代墓饰上常见的奇异的姿态、造作的奇想以及讽喻式的群像相比较，它们在我感情上所产生的效果却强烈深刻得多。我对许多古老陵墓碑铭的措辞佳妙也印象极深。往昔时代的文笔确有一种高贵的气势，用字简洁而意境宏远，说到表达家族价值和门第血统的意识，我还没见过有哪条碑铭能超过这句颂扬高贵家族的话："兄弟均勇武，姐妹皆贤淑。"

　　"诗人之角"对面的侧廊竖立着堪称近代艺术最著名成就之一的墓碑；不过在我看来它显得恐怖有余而崇高不足。这是出自卢比利亚克[1]之手的南丁格尔夫人之墓。墓碑底座的雕刻为

---

[1]　卢比利亚克（Louis Francois Roubilliac，1695—1762），法国雕塑家。

两扇大理石门扉大大敞开，一个身披殓布的骷髅正从里面飞奔而出，它向一个女人猛掷标枪，而它的裹尸布正从它全身的森然白骨上脱落下来。女人颓然倾倒在其惊骇的丈夫怀中，而后者则徒然地竭尽其疯狂努力想逃避标枪的一击。雕塑的制作确实十分逼真和气势逼人，我们恍惚听见从这个厉鬼大张的颔骨中迸发出得意的狞笑声——不过我们为什么要让死亡披上这不必要的可怕外衣，在我们亲爱者的坟上撒布恐怖呢？墓地的一切应该能激起人们对死者的柔情与敬重，启发生者的虔诚向善之心。这样一个地方，不应该充满厌恶沮丧，而应该寄托哀思和冥想。

就在我漫步于这些幽暗的拱廊与寂静的耳室之间，细读死者的生平记载之时，外面喧嚷街市的噪声却不时传进耳中——车马驶过的轧轧声、人群的嘈杂声，或许还有欢乐的轻快笑语声。这和周围一片死寂的氛围形成了强烈的对比。听到这鲜活的生命浪潮一波波涌起，冲击着陵墓的高墙，不能不让人产生奇异的感觉。

我就这样从一处陵墓走到另一处陵墓，从一个小教堂走到另一个小教堂。白天的时间正渐渐逝去；远处闲游者的脚步声越来越稀疏；悠扬悦耳的钟声正召唤着人们前去晚祷；我望见远处有一群身穿白色法衣的唱诗人正跨过回廊，进入唱诗班的位置。这时候我来到了亨利七世小教堂的入口。走上一段梯级，穿过一条深邃幽暗但很宏伟的拱道，就进入教堂内。黄铜制成的大门雕饰富丽精致，开启时户枢发出沉重的轧轧声响，仿佛这座全寺最华丽的陵墓倨傲地不愿有凡夫俗子随意涉足。

一旦进入，整座建筑的宏阔和陵墓精心雕琢的细节之精美不禁令人目眩神迷。壁上全都密布着精美雕饰，镶嵌着花格窗，挖凿了许多壁龛，里面立着众多圣徒和殉道者的雕像。这些石头似乎因为大师巨匠们的鬼斧神工，都失去了重量与密度，高高悬空而立，仿佛中了魔法，而带回装饰的屋顶，雕镂精细绝伦，如蜘蛛网般轻盈，却又稳如磐石。

教堂的侧面是巴斯骑士们一排排高高的座位，用华丽雕刻的橡木建造，不过都是哥特式建筑的怪异雕饰。座顶挂着骑士们的头盔、羽饰，还有头巾和刀剑；再上方则悬挂着他们的旌旗，饰有各式纹章，其灿烂的金紫朱红之色与屋顶的冷灰色雕饰适成鲜明对照。宏大陵寝中央矗立着其建造者的陵墓，亨利七世及其王后的雕像矗立于富丽堂皇的墓穴之上，周围环绕着雕镂精美的黄铜栅栏。

在这壮观景象中却有一种悲凉阴郁的意味；这一片墓穴与战利品的奇异混杂，这些鲜活的渴求野心的纹章图徽，紧邻着委身尘土和声名寂灭的纪念物，显示着一切早晚必然走向终结。涉足于当年曾煊赫壮观如今却静寂无人的遗址，再没有什么比这更让人心里感觉凄凉寂寞的了。环顾四壁那些骑士及其侍从的空位，以及如今满布灰尘而当年曾在他们身前高举的一排排灿烂旌旗，我不禁想象起这座殿堂当年全疆域的英雄美人云集于此的辉煌景象：璀璨的珠宝与剑戟罗列，光彩夺目；步履杂沓声与众人赞叹的嗡嗡声响成一片。如今一切都已经消逝，一片死寂笼罩着这个地方，只能偶尔听见鸟鸣啁啾；它们寻到钻进教堂里的路径，在殿堂的中楣悬饰之间筑巢——而这正是荒凉寥落的确切征象。

我辨认那些绣在战旗上的姓名，这些人都曾经流散到广阔世界的各个边远之地；有的远涉重洋；有的远征异域；有的曾参与宫廷内阁的阴谋诡计；所有的人都试图在这座虚幻荣誉的殿堂中多挣得一份名声，却不过获得一块墓碑作为令人抑郁的报偿。

这座小教堂两侧的两个小耳堂呈现了一副动人情景，它证明了坟墓会使人人平等；死亡会把压迫者贬低到受压迫者的地位，并使死敌的骨灰混合在一处。一侧的耳堂里是骄横的伊丽莎白女王的陵墓；另一侧则是她的受害者，可爱然而不幸的玛丽[1]之墓。人们无时无刻不在为后者的悲惨命运迸发出同情，同时又怀着对其迫害者的愤慨。甚至那边伊丽莎白陵墓的墙壁也时时回荡着人们在她的政敌坟前的叹息声。

安葬玛丽的侧耳堂笼罩着一团不散的阴森之气。日光挣扎着穿透尘埃障翳的窗户朦胧地照射进来，室内大部分地方沉浸在深浓的阴影中，墙壁也因年久剥蚀而遍布污渍。一座玛丽的大理石雕像躺卧于墓上，四面围着一道已经严重锈蚀的铁栏杆，还雕刻着她的国徽——蓟草。我走得有些疲倦了，在墓前坐下稍事休息，心中仍然萦回着可怜的玛丽多灾多难的故事。

寺院里已听不到游览者偶尔可闻的足音了。我只能不时听到远处僧侣们不断反复的晚祷声，以及唱经班低弱的应答声；这些声音也一时停息了，周围一片静寂。这种正渐渐笼罩一切的死寂、荒凉、阴郁的氛围，给这个地方平添了更深沉更严肃的情趣：

---

　　[1]　指伊丽莎白女王的表侄女苏格兰女王玛丽，因是罗马天主教徒并有权继承英国王位，被信奉新教的伊丽莎白监禁十九年后处死。

在这寂静的墓穴里，听不到谈话声，
听不到友朋欢快的足音，情人的笑语，
父亲细心的教诲——什么也听不到，
这里空无一物，除了遗忘，
尘土，以及无穷尽的黑暗。

突然之间，那浑厚凝重的管风琴在耳际响起，轰鸣声一阵
强似一阵，仿佛掀起巨大声响的浪涛。那洪大庄严的音响，与
这座巨大建筑是多么相称！它以何等壮阔的气势，汹涌于庞大
的拱顶之间，将肃穆的和谐乐音灌注进这些死亡墓穴，使这死
寂的陵墓也震响起来！它时而掀起激昂的凯旋之声，让那一片
谐音不断高扬，让洪大之声重叠再重叠；时而琴音暂息，唱经
队的轻柔歌声宛如甜美的音乐之泉迸流而出，歌声高高翱翔，
颤动于屋顶之上，仿佛来自天堂的纯净和风在高耸的拱顶之间
飘荡。接着，那隆隆的风琴声又发出阵阵令人惊悚的雷霆，把
整个空间压缩为一片乐音，裹挟着它捶打着人的心灵。这是何
等悠长的抑扬节奏！何等荡人心魄的庄严和声！它渐渐变得越
发盈满越发强大——它充盈了整个广阔的殿堂，似乎震撼得四
壁轧轧作响——头为之眩晕——心神为之恍惚。最后琴声在完
满的欢歌中结束——它从地上飞升至天堂——而人的灵魂也仿
佛脱离了躯壳，乘着那和谐的音浪向上飘然飞升了！

我默坐片刻，陷入梦幻般的沉思，有时候一支乐曲会使人
进入这种状态；黄昏的暗影正渐渐在我周围密集，墓碑也开始
投下越来越暗黑的阴影；遥远的钟声在宣告白昼正慢慢消逝。

我起身准备离开寺院。当我走下通往建筑主体的梯级时，

目光又被忏悔者爱德华的神龛所吸引，于是我又登上通往它的那段狭窄阶梯，从那里去俯瞰下面的那一片荒坟。龛位高置于一个平台上，平台四周紧挨着各代国王和王后的陵墓。居高临下，从石柱和丧葬物品之间可以俯瞰下面的小教堂和墓室，里面都是密密的坟墓，众多武士、主教、廷臣、高官就躺在他们的"死阴之床"上腐烂。紧靠我身边竖立着巨大的加冕宝座，简拙的橡木雕刻，属于久远的哥特时代的粗犷风格。这个场景看来几乎是经人特意设计的，为的是以其戏剧化的技巧对观看者产生某种效果。这里是人间的尊荣权势从开始到终结的一幅典型图景；这里实实在在地显示出从帝王宝座到坟墓只不过一步的距离而已。人们难道不会想到，这些聚集在一起的杂乱无章的纪念物不正是对当今显贵们的一场教训吗？这足以显示，即便此刻傲视天下、春风得意，不久必将走向被冷落、遭屈辱的一天；额头上的那顶王冠必将很快成为陈迹，委弃于坟墓的尘土与耻辱之中，让千万人中最卑贱者的脚去践踏。因为，说来奇怪，甚至这里的坟墓也不复保有其神圣性。某些人天性中存在着令人惊骇的轻薄，引导他们对应予敬畏的神圣事物任意戏耍亵玩；有些心地卑劣的人，也乐于在显赫死者身上去报复自己对生者的卑躬屈节之苦。忏悔者爱德华的棺材就被人开启过，其遗骸上的陪葬饰品被盗走；威仪赫赫的伊丽莎白女王手中的权杖也被人偷走，而亨利五世的雕像则丢失了头颅。这里的每一座帝王墓碑无不证明世人的一切尊崇敬仰原是何等虚妄和难以捉摸。有些横受洗劫，有些惨遭肢解，有一些则被涂满淫词秽语——全都多多少少遭受了亵渎和侮辱！

　　这时，白昼最后的余晖正微弱地透过头上高高拱顶的彩色玻窗照射进来，寺院建筑的下部完全为朦胧暮色所笼罩。小教堂与耳堂也变得越来越幽暗。国王们的雕像已隐没在阴影中，墓碑上的大理石像也在这恍惚不定的光线下呈现出奇形异状；晚风偷偷地在耳堂中穿行，犹如来自墓中的森然鬼气；甚至一个穿过"诗人之角"的堂守的遥远脚步声，听来也带有奇异而阴郁的感觉。我沿着早晨的来路慢慢退出，当我行经回廊的出口时，廊门在身后轧轧响着关闭了，那响声回荡在整个殿宇中。

我极力想在心里对所见种种事物稍作整理，却发现它们已经变得模糊凌乱。我的脚步不过刚刚跨出门槛，那些姓氏、碑铭、器物在我的记忆中已经乱作一团。我想，这里聚集的垒垒陵墓，岂非只是一部教人谦卑的警世宝鉴，是反复申说声名必归虚幻和湮灭的训诫教诲！的确，这里是死神的帝国，是它黑暗的宫殿，死神巍然高坐，嘲弄着人间虚荣浮华的种种遗迹，让尘土和遗忘掩盖那些王公们的陵寝墓碑。说穿了，所谓不朽的荣名是多么虚妄的自我夸耀！时光永远在无声地翻动它的册页；眼前发生的事总是要占去我们过多的精力，再无暇顾及过去有过影响的那些人物和种种逸事；每个时代就是被抛在一边并被迅速遗忘的一卷书。今天的偶像把昨日的英雄从我们的记忆中挤掉；接着，他们又被明天的后继者所取代。托马斯·布朗爵士说："我们的父辈发现，他们的坟墓在我们的记忆中留存不久，因而悲伤地告诉我们，我们自己也将怎样被后人遗忘。"历史会变成传说；事实会被怀疑和争论所遮蔽；铭文镌刻会从碑匾上朽蚀无存；雕像会从底座上倾覆倒塌。一切华表、牌楼、金字塔，所有这些难道不就是一堆沙土？它们上面的铭文镌刻难道不就是写在尘土上的字？试问坟墓有什么可靠？给尸体涂上防腐膏油就真能永恒？亚历山大大帝的骸骨早已随风飘散，他那空荡荡的石棺如今不过是博物馆中的一件古董。"埃及的木乃伊虽幸免于冈比西斯[1]乃至时间之手，却终究逃不脱贪欲的摧残；麦西[2]被用来敷伤，法老[3]被出售以制香膏。"[4]

那么，又有什么能保证如今在我眼前高耸的这座巨厦免遭覆灭命运呢？终有一天，其高耸入云的镀金拱顶将在人们脚下碎作瓦砾；那时，乐音与歌声也将消失，而代之以野风在破碎拱门间的呼啸、猫头鹰在倾圮塔楼间的嘶叫，那时，炫目的阳光将射进这座阴沉的死亡殿堂，常春藤会缠绕着倾覆的石柱，毛地黄的花萼会低垂在佚名氏的骨灰盒上，仿佛在对死者加以嘲弄。人就是这样消亡无存；其姓名将从记载与记忆之中泯灭；其一生不过是痴人说梦；其陵墓碑刻也必将沦为废墟。

---

[1]　公元前7世纪古波斯帝国国王，曾入侵埃及。
[2]　《圣经》记载：在上帝因人类罪过而发洪水时，挪亚因为虔诚而成为仅有的幸存者，后生三个儿子为闪、含、雅弗，形成三个宗族，在地上分列邦国。麦西为含的第二个儿子，被认为是埃及人的始祖。
[3]　古埃及国王称号。
[4]　T.布朗爵士语。——原注

罗斯科[1]

> ——为人类服务，
>
> 做下界的一位守护神；将思想
>
> 那勇敢的热忱用于崇高的目标，
>
> 从而可以使我们超越匍匐众生，
>
> 获得永恒的光荣——那就是生命。
>
> ——汤姆森[2]

在利物浦首先吸引一个异乡游客的地方之一，是那座"雅典娜神庙"[3]。它是按照自由而明智的规划建造起来的，里面有一个很好的图书馆，还有宽敞的阅览室，是当地著名的文人学士的聚集地。无论你什么时候到那儿去，总能发现里面坐满了表情严肃的人们，全神贯注地研读着报纸。

一次，当我正在参观这个饱学之士常去的场所时，一位刚

---

[1] 威廉·罗斯科（William Roscoe, 1753—1831），英国作家，以研究意大利文艺复兴时期在政治和文艺上产生巨大影响的梅第奇家族而著称。

[2] 托马斯·汤姆森（Thomas Thomson, 1700—1748），英国诗人。

[3] 雅典娜神庙（Athenaeum），原为古希腊祭祀女神雅典娜的神庙，是学者、作家聚集地。后世以此命名文学与科学协会或机构。

刚走进来的人引起了我的注意。他已经上了年纪，身材高挑，从体形看可能曾经显得很威严，但岁月——或许是忧虑——却使身躯稍显佝偻。他长着高贵的罗马人的脸形，有一个会让画家很喜欢的脑袋；虽然额头上浅浅的皱纹显示他的头脑曾忙碌于耗费精力的思维，但他的眼神中依然闪耀着一个富于诗意的灵魂的火光。他的整个外表蕴涵着某种气质，表明他属于与身边喧闹的人群迥然不同的阶层。

我询问他的姓名，得知他叫罗斯科。一种油然而生的敬仰之情使我后退了半步。那么，这就是一位声誉卓著的作家了，是声音传布到天涯海角的那些人物中的一位，是那位即使在与外界隔绝的美国我也曾与其进行过思想交流的人了。就像在我们国家一样，人们总是习惯于仅仅凭借其著作来了解欧洲的作家，而想象不出他们也像其他人一样，被无足轻重的或卑贱低劣的追求所缠绕，也要在尘埃飞扬的人生道路上同思想平庸的人群拥挤推搡。他们在我们的想象中总像是一群超人，闪耀着天才的光辉，环绕着文学的荣誉光环。

因此，当我发现这位研究梅第奇家族的高雅历史学家也与忙碌的买卖人混杂在一起的时候，一开始也动摇了我的诗意的观念。可是，罗斯科先生正是从他所处的特定条件和环境中，赢得了人们对他的最高赞誉。观察一些人怎样实现自我创造，如何在各种不利的情势下奋起，怎样在无数险阻障碍下开拓他们孤独的却又不可阻挡的道路，真是一件饶有兴味的事。大自然似乎以挫折人类的勤奋努力为乐事——正是这种挫折才把人类与生俱来的呆滞迟钝养育为成熟，并以其偶然成果的生机和繁茂而感到自豪。她把天才的种子撒播到风中，虽然有些种子会在世界的荒漠乱石中消亡，有些会在最初的逆境中被荆棘杂草所窒息，然而，剩下的种子即使在悬崖巨石中仍然会不时地扎下根，勇敢地挣扎着迎向阳光，把植物的美丽遍布于其出生的贫瘠土地。

罗斯科先生的情况正是如此。他出生在一个显然不宜于文学才能成长的地方——恰好在做买卖交易的市场区；他也没有财产、亲戚或赞助人；他自勉、自立，几乎全凭自学；他征服了一个又一个的障碍，方才走上成名之路。而且，在成为一个为民族争光的人物之后，他又转而把自己的才能和影响全部用来为故乡增添光彩。

说实话，正是他性格中最后这一种特点，使他在我眼里具有最重大的意义，并促使我特别要把他介绍给我的同胞。他固然文学功绩卓著，但也不过是这个知识发达的民族众多著名作家中的一位而已。然而，那些作家一般说来只是为自己的名声或自己的欢乐而生活。他们的个人历史没有给世界以任何教益，或者说没有提供反映人性脆弱和自相矛盾的令人羞耻的例证。他们至多是从碌碌人生的喧闹和平庸中轻易地逃逸，沉迷于一种有文化的、舒适的自私自利之中，陶醉于精神上的，却又是孤傲的享乐之中。

与此相反，罗斯科先生却没有索取任何与其才智相应的特权。他没有把自己禁锢在任何思想的庭园中或者幻梦的理想乐土里，而是突进到人生的大道通衢里去。他在路旁栽培起浓密树荫，为了让朝觐者和旅居者能休憩提神；他开辟了甘醇的清泉，让劳作者可以在这里摆脱尘埃和炎热、饮用知识的鲜活溪水。他的生命中有种"日常之美"[1]值得人类去加以思考并变得更加完美——它并非树立一个高不可攀的，因无法仿效而几乎毫无用处的杰出样板，而是呈现一幅生动活泼而又简单可行的美德的图画，就在每个人可以达到的范围之内；然而，不幸的是身体力行的人并不多，否则这个世界就会变成天堂了。

不过，他的个人生活尤其值得我们年轻而忙碌的国家的公民们注意——在我们的国家里，文学和优雅艺术必须同日常必需的较为粗陋的植物并肩生长；它们不能依赖少数人在时间与财富方面的奉献，也不能仰仗大人物赞助的激励光辉，而应当依靠有知识和公共精神的个人从世俗事业的追求中强挤出时间来加以培育。

他已经证明了：一个具有主人翁精神的人能在闲暇时间里为某一地区做出多么大的贡献，能在周围事物上留下自己多么完整的印记。他就像自己致力研究的，似乎被他视为古代纯粹典范的洛伦佐·德·梅第奇[2]那样，把自己一生的历史同他故乡的历史编织为一体，并把它荣誉的基石变成了自己德行的纪念碑。在利物浦你无论走到哪里，在一切优雅与自由的地方，都能窥见他的足迹。他发现财富的潮水仅仅在贸易的渠道里流淌，于是便从中导引出增益活力的溪流去滋养文学园地的精神。他在新撰写的一部著作中雄辩地倡导商业和文学追求的结合，而他也通过自身的实例和不懈的努力实践了这一主张；

---

[1]　见莎士比亚《奥赛罗》第五幕第一场，为阴谋家亚古对卡西欧美德的忌妒之语。

[2]　洛伦佐·德·梅第奇（Lorenzo de' Medici，1449—1492），梅第奇家族第三代的杰出代表，意大利文艺复兴时期著名人物。

他以事实证明了二者可以如何美妙地和谐一致，互惠互利。给利物浦带来如此声望，给公众思想以如此推动力的以文学和科学为宗旨的高尚的协会，几乎都是罗斯科先生发起并由他卓有成效地加以促进的。而且，当我们想到那个城市的迅速发展、繁荣壮大和重要地位时——它有希望在商业重要性上与伦敦媲美——就会发觉，在唤醒该市市民思想进步的抱负方面，他对英国文学事业产生了巨大助益。

在美国，我们只知道罗斯科先生是一位作家，而在利物浦，他还作为一位银行家被人们提起；我还听说他曾在生意上遭遇过不幸。我不能去对他表示同情，就像我听说一些富人受挫折时那样。我认为他远远超越了同情的范围。那些仅仅为了尘世而生并活在尘世之中的人，可能被逆境压垮；但像罗斯科这样的人，是不会被命运的逆转所征服的。逆境只会驱使他去汲取自己心灵的源泉，迫使他在自己的思想中去寻求更优秀的精神交往，这种交往连最杰出的人有时也容易忽略，而游荡于外界去寻觅乏善可陈的朋友。他独立于身边那个世界。他同古人和后人在一起生活，同古人一起沉浸于勤奋的隐退生活的甜美交流之中；同后人一起以宽宏胸襟追求着未来的声望。这种心灵的遗世独立，正是其最高的享受状态。这样，他的心灵接受了那些崇高沉思的造访——它们是高贵灵魂的恰当养料，像吗哪[1]那样，从天堂送到这个世界的荒漠中。

正当我的感情还活跃于这个主题上的时候，我有幸进一步

---

[1]　吗哪（Manna），《圣经·旧约》中记载以色列人受困于荒野时上帝所赐食物。

寻觅到罗斯科先生的踪迹。当时我正和一位绅士骑马观看利物浦的郊外地区，他突然转了个弯，通过一个大门，进入一个装饰了的庭院。我们骑马又走了一段距离之后，来到一座用软性石砌造的希腊风格的宽敞宅邸。建筑并不符合纯正的风味，但格调很雅致，环境也令人感到愉快。一片美丽的草坪从宅邸前的斜坡延伸出去，上面散布着一丛丛树木，这种安排意在把一片柔美富饶的乡村分隔成富于变化的景象。可以看到默西河宽阔平静的水面蜿蜒地流经一片青翠的草地，威尔士山脉同云彩交织为一体，在远处渐渐消融，连接上了地平线。

　　这是罗斯科在事业兴盛的日子里最喜爱的住所。这里曾经是贵客云集、文人休憩的地方。现在这座房子却一片沉寂、不见人迹。我看见了书房的窗户，俯瞰着我刚才提到的柔美景色。窗户都关闭着——图书馆已经没有了。有两三个长相不讨人喜欢的人在这附近游荡，我把他们想象成法律的臣仆。这就像是在参观一处古典喷泉，从那神圣的荫翳中曾流出纯洁的泉水，现在却发现它已干涸并遍布尘埃，只有蜥蜴和蟾蜍在残破的大理石雕刻上呆坐着。

　　我打听罗斯科先生图书馆的命运，里面曾收藏着许多珍本和外国书籍，他为他的意大利史从中获取了许多材料。书籍已经通过拍卖商的锤子散落到全国各地去了。附近的好人们就像打捞沉船的人一样蜂拥而至，从这只被冲到岸边的高贵船舶上捞取一些部件。如果这种情景允许人们进行荒唐联想，我们可以对这次对学术领域的奇怪入侵做某种怪诞的想象。一群侏儒在搜寻一个巨人的武器库，相互争夺着自己根本挥舞不动的武器的所有权。我们可以给自己描绘出一幅图画：一小撮投机商面带狡诈算计的神情，正面对某个过时作家的装帧古雅、页边有彩饰的书籍进行争辩，某些成功的买主试图探究自己弄到手的黑体活字[1]便宜货时，是一副怎样热切却又困惑的精明神态。

同他的藏书永别，看起来触动了他最敏锐的感情，也是能够激起他创作灵感的唯一事件；这件事在罗斯科先生不幸经历的故事中是一个优美的插曲，它也不能不引起热心探究者的兴趣。这位学者只会明白，这些纯洁思想和单纯时日的缄默无语却意味隽永的伙伴，在身处逆境时变得多么珍贵。当所有的尘世之物变成渣滓在我们周围泛起时，这些书籍依然保持着它们恒远的价值。当朋友变得冷漠，知己的交谈变成乏味的客套和陈腐言谈时，这些书籍一如既往地保持着幸福时日里的本来面目，以其永不欺骗希望、永不遗弃痛苦的真诚友谊激励着我们。

我无意妄加指责，然而，毫无疑问，假如利物浦人当初对罗斯科先生以及对他们自己应有的作为持有恰当的理智态度，他的图书馆是绝不会被卖掉的。对于当时的境况无疑可以列举出世间的种种好理由来，很难用看上去纯粹是空想的主张与之对抗；然而在我看来理所当然的是，通过公众同情的一种最微妙、却最明白的表露去鼓励一位在不幸中挣扎的高贵心灵，这是一个难得的好机会。诚然，公正地评价一个每天出现在我们眼前的天才是困难的，他与其他人交融混杂在一起。他的伟大品格往往会失去新颖之处，而我们对构成最高贵品质的基础的普通素质也会变得熟视无睹。罗斯科的一些同乡也许仅仅把他

---

[1] 欧洲早期印刷所用的哥特字体。

看成一个商人，其他人则认为他是个政治家，大家都发现他跟自己一样从事着普通的职业，也许在某些处世本领方面自己还比他高明。就连他那赋予真正美德以无法言表的优雅魅力的谦和、低调的朴素品质，也会使他被某些不懂得真正的价值总是会回避炫耀、矫饰的粗俗之辈所低估。不过，当文人们谈到利物浦时，是把它作为罗斯科先生的居住地说起的。有知识的旅游者游览利物浦时，探听的也是何处能见到罗斯科——他是当地的文学标志，向远方的学者指明此地的存在——他如同亚历山大城的庞贝之柱[1]，以古典的庄严感傲然矗立着。

罗斯科先生在跟他的书籍分手时所写的下面这首十四行诗，就隐然表达了前述的境况。如果说还有什么能对诗中所展示的纯洁感情和高尚思想增添效果的话，那就是可以确信，全诗绝非幻想之抒发，而是作者内心衷情的真实再现：

献给我的书

如同一个注定要与朋友分别的人，
懊恼他的损失，却期望很快再度
同他们交谈、享受他们的微笑，
以此尽力缓解痛苦的袭击；

因此，可爱的朋友，艺术之精华，

---

[1] 亚历山大城的一座红花岗石柱，系纪念公元296年罗马帝国戴克里先征服亚历山大城，后世误为纪念庞贝。

智慧的导师，曾一度慰藉过
我那乏味的时日，减轻我的劳烦：
我如今与你们辞别，心灵却并不委顿。

因为再过短短几年，或几天，或几小时，
更为幸福的时节可能展现曙光，
你们一切神圣的友情也会复苏；
当从尘世间获得解放，释放出力量，
思想与思想重逢，坚持交流的方向，
同类的心灵将相聚而永不离分。

妻 子

深海里的宝藏，并不比
紧锁在女人之爱中的
对男人的隐蔽慰藉更珍贵。
当我走近家门，便嗅到祝福的气息，
婚姻散发出多么美妙的芬芳，
紫罗兰花圃也赶不上它的甜蜜。

——米德尔顿[1]

　　我常常有机会注意到女人们在承受命运的巨大逆转时所具有的坚忍气质。那些摧毁男人的精神，使其匍匐于尘埃之中的灾难，却似乎唤起了柔弱女性的全部力量，使她们的性格获得勇气与升华，有时甚至接近了崇高的程度。当看见一个温和、柔弱的女性，走在昌盛顺达的人生道路上时，曾是那么弱小和依附于人，对每一个微不足道的粗陋细节都是那样敏感，而当不幸降临时却突然迸发出精神力量，成为丈夫的安慰者和支持者，以毫不退缩的坚定态度承受着灾难最猛烈的冲击，再没有

---

[1] 米德尔顿（Thomas Middleton，1570—1627），英国剧作家。

比这更令人感动的了。

就像藤蔓，曾长期用它优美的叶簇缠绕着橡树的躯干，靠它的支撑攀缘而上，沐浴着阳光；而当这坚实的树木被雷电劈裂时，藤蔓却用自己爱抚的卷须紧缠着它，包扎起它散落的枝条。造化也做了如此美妙的安排，女人在男人的欢乐时日里仅仅是他的依附者和装饰品，而在突降灾难的打击之时却会成为他的支柱和慰藉，会巧妙地潜入男人残破的内心深处，温柔地支撑起他那低垂的头，包扎好他那颗破碎的心。

我有一次曾祝贺一位朋友，他有一个如繁花盛开的家庭，最强烈的爱把家人紧密联系起来。"我也希望你有妻子和孩子，"他满怀热情地说，"没有比这更美好的命运了。如果你一帆风顺，他们会与你同享幸运；而在你不幸时他们会给你安慰。"确实，我观察到已婚男子陷入不幸时比单身汉更容易从困境中解脱出来。部分原因在于那些依靠其生活的、无助的亲爱者的需求更能激励他去努力，但主要的原因则是他的精神从家庭温情中获得了抚慰和宽解；而且尽管外部的一切充满黑暗和羞辱，他发现仍然有家庭这块充满爱的小天地，他还是一家之主，因此依旧能保持着自尊。而单身汉则容易自轻自贱，自暴自弃；他觉得自己形单影只、遭人遗弃，他的心就像一座因为无人居住而被荒废的大厦，最后坍塌毁灭。

这些观察使我回想起亲眼见证的一个家庭小故事。我的挚友莱斯利娶了一位美丽而富于才情的姑娘，她是在时尚生活中成长起来的。事实上她并没有什么财产，而我的朋友却十分富有。他满怀欣喜地期盼着能尽情满足她所有的高尚追求，帮助她发展那些能充分展现女性魅力的高雅情趣和爱好。"她的生活，"他说，"要像童话一样。"

正是由于性格的差异，他们之间产生了一种和谐的互补关系：他具有浪漫的、略带严肃的性情；而她则充满活力与欢乐。我时常注意到，当她的勃勃生气在社交聚会中给人们带来欢乐时，他总是带着无言的迷醉凝视着她；而她在受到大家的赞赏时，也总是把目光投向他，仿佛只希望在他那里去寻得爱宠和认可。当她倚着他的手臂时，她苗条的身段和他男子气的颀长身形构成了绝妙的对照。她仰望他时那种充满爱意和信赖的目光，似乎唤起了他成功的自豪感和爱怜的柔情蜜意，好像他正是因为她的娇柔无助才愈发溺爱这个可爱的负担。从来没有一对夫妻像他们那样，在一开始走上早期美满姻缘的繁花似锦的道路时就展现出如此美好幸运的前景。

然而，我的朋友却不幸以他的财产从事大宗的投机生意，婚后不到几个月就遭到一连串突如其来的灾难，投资损失殆尽，他发现自己几乎变得身无分文。有一段时间，他把自己的境遇隐藏在心里，变得形容枯槁、愁肠寸断。他的生活变成一种持续无尽的痛苦；更使他难以忍受的是必须在妻子面前强作笑颜，因为他不忍心让这个消息压垮了她。然而，她却以源于爱情的敏锐目光看出他的情况不妙。她留意到他神态的变化和抑制住的叹息；她没有被他伴装的勉强生硬的快乐表情所蒙骗。她运用自己全部的勃勃生气和脉脉柔情竭力让他重新欢乐起来，然而她做的一切却只是让痛苦的箭镞把他的心刺得更深。他越是觉得有理由去爱她，那种即将陷她于不幸的念头就越发折磨着他。只要再过一会儿——他想——笑容将从她的脸上消失，歌声将从她唇边飘逝，她那双眸中明亮的光泽将因痛苦而熄灭，现在她那颗在胸中轻快搏动的快乐的心，将像我的心一样，被人世的忧虑和苦难所压垮。

他终于有一天来看我，以最深重的绝望语调向我讲述了他的全部遭遇。我听他讲完后问他："你妻子知道这一切吗？"经这一问，他突然迸发出了痛苦的眼泪。"看在上帝的分上！"他喊道，"如果你对我还有丝毫怜悯之心的话，请别提起我妻子；一想到她就几乎会把我逼疯！"

"为什么不告诉她呢？"我说，"她迟早会知道的，你不能永远瞒着她，假如不是你本人告诉她，那她突然知晓时会感到更加惊骇，而我们所爱的人的声音却能使最刺耳的消息变得柔和。此外，你这样也剥夺了自己获得她的宽慰与同情的机会。还不仅如此，这也会危及能把两颗心结合起来的唯一纽带——思想与感情毫无保留的协调一致。她很快就会觉察到有什么事情正在暗中吞噬你的心灵；而真正的爱是不能容忍有所保留的，哪怕是自己所爱的人的痛苦，假如有所隐瞒，也会让人觉得受到了轻视和伤害。"

"啊，可是，我的朋友！请想一想，假如我告诉她她的丈夫成了一个乞丐，将给她的幸福前景带来怎样的打击——会使她的心怎样摔到地上粉碎！难道我能告诉她放弃生活中的一切高雅豪华——叫她弃绝社交活动的一切欢乐——叫她跟我一起龟缩进贫穷和微贱的角落里！难道我要告诉她，她本可以继续生活在永恒的光彩中——人人眼里的明星，众人心中的赞美对象——而我已经把她从云端拽下来了！她怎么能忍受贫困呢？她是在富裕、高雅的环境中长大的。她怎么能承受别人的忽视怠慢呢？她曾是社交界的偶像。啊！这会使她伤心欲绝——这会使她伤心欲绝啊！"

我看出他的痛苦溢于言表，就让他尽情倾吐出来，因为话语是能减轻痛苦的。等突发的悲伤消退之后，他就陷入阴郁的沉默中，我温和地重新提起刚才的话题，力劝他立即向妻子说明自己的处境。他悲哀地摇了摇头，态度仍然很明确。

"可是你怎么对她保守秘密呢？她必须了解情况，这样你们才可以针对处境的改变采取适当的措施。你们必须改变生活方式，而且——"我观察到他的脸上掠过一丝悲痛的表情，接着说，"不要再为此烦恼了。我相信你并没有把幸福建立在外表的炫耀上——你还有朋友，重感情的朋友，他们不会因为你寓所寒碜而小看你，再说句实在话，并不是要住在宫殿里你和玛丽才会幸福。"

"就是住在茅屋里我和她也会幸福的，"他痉挛似的喊道，"我可以和她一道忍受贫困和微贱！我能——我能——愿上帝保佑她——愿上帝保佑她！"他喊叫着，迸发出悲伤和柔情。

"那就相信我，我的朋友，"我说，走上前去热情地紧握他的手，"相信我，她会和你一如既往的。不仅如此，这对于她来说会成为骄傲和成功的源泉——会唤起她天性中潜藏的全部能量和炽热的同情心，因为她会乐于向你证明她所爱的是你这个人。在每一个真正的女性心中都有一粒神圣的火种，在事业成功的阳光照耀下它潜藏着，而在逆境的黑暗中则会点燃并光焰熊熊。没有任何男人了解自己怀抱中的妻子——没有任何男人知道她是怎样一位护佑天使，直到同她一起经历了人世的烈火熔炼之后才会明白。"

我的诚恳态度和譬喻性的语言中有某种力量激起了莱斯利的想象力。我很了解自己要说服的对象，便趁着已经给他造成了的影响，最后劝说他回家向妻子坦陈自己悲伤的心事。

我必须承认，尽管我说了那么多，但对效果仍然感到一丝忧虑。谁能预料一位过着优裕欢乐生活的女人有多坚强呢？她那快乐的心境也许会对面前突然显现的堕入卑贱生活的阴暗前途产生反感，会对至今还享受着的那一片阳光灿烂的天地留恋不舍。此外，上流生活的破产会伴随着许多痛苦和屈辱，那是其他社会阶层所不知晓的。总之，我第二天早晨同莱斯利见面时心里还不免慌乱。不过他已经对她坦陈了一切。

"她是怎么承受这个消息的呢？"

"就像一个天使！对她的心灵来说似乎是如释重负，因为她用双臂搂住我的脖子，询问这是不是使我最近郁郁寡欢的全部事实——不过，可怜的姑娘，"他接着说，"她还不能意识到我们必须经受的变化。她对贫困只有抽象的概念；她只在诗中读到过这个词，而在诗中它总是与爱情相联系的。她还没有贫困的感受；还没有领受过失去习以为常的舒适高雅生活的痛苦。只有当我们实际体验到穷困所带来的忧心烦恼、微小物品的匮乏、地位低微的屈辱时，才是真正的考验。"

"不过，"我说，"既然你已经完成了向她吐露秘密这件最艰难的任务，那么越是尽快让世人了解情况就越好。说明真相可能会让你感到屈辱，但这毕竟只是一时的痛苦，并且会很快过去的，否则你会每天每个时刻都在期待中受煎熬。折磨一个破产者的与其说是贫困，倒不如说是装假作伪：这是一场骄傲的心同空钱包之间的斗争——只是硬撑起一个很快就会被戳破的空场面。只要有勇气去表现出贫困，你就解除了贫困的最锐利的武器。"说到这里，我发现莱斯利已经完全准备好了。他已经没有丝毫的虚伪自尊，而他的妻子呢，也急切地等待着去适应已经改变了的命运。

几天后，他在傍晚来拜访我。他已经处理掉原先的寓所，买下了离城几英里远的乡村里的一座小屋。他忙了一整天把家具运送过去，新居只需有很简单的几件家用物品。除了妻子的竖琴以外，旧居里所有的华丽家具都变卖了。他说，竖琴跟他妻子的思想联系得太紧密了，这是属于他们爱情的一段小故事。他们相恋时一些最甜蜜的时刻就是在竖琴边度过的，他斜倚竖琴，聆听着她柔美的歌声。对于一位溺爱妻子的丈夫的这种浪漫情怀，我不能不莞尔一笑。

这时候他要回小屋去了，他妻子操持新居的布置已经忙了一整天。这个家庭故事的发展激发了我浓厚的兴趣，加之傍晚又是如此美好，于是我主动要求陪他一道回家。

一天的劳累使他筋疲力尽，当他走到外面时，突然陷入了忧郁的沉思。

"可怜的玛丽！"他终于脱口而出，还发出一声沉重的叹息。

"她怎么啦？"我问道，"发生什么事了吗？"

"什么？"他不耐烦地瞥了我一眼，"她陷入眼下这么卑微的处境——被关闭在一个可怜的小屋里——在那悲惨的住所里被迫为卑下的需求而操劳，真能若无其事吗？"

"那她抱怨过这种境况的变化吗？"

"抱怨！她全是一副可爱和快乐的模样。说实话，她看上去比我认识她以来的任何时候情绪都更好；她对我全是爱，全是温存和宽慰！"

"一个可钦佩的姑娘！"我感叹道，"你自称穷光蛋，我的朋友，可你却从没有这么富有——你绝不了解自己在这女人身上所拥有的是取之不尽的美德的财富。"

"啊！可是，我的朋友，如果今晚第一次客人到小屋的来访能顺利度过，我想我就可以放心了。可今天是她真正有所体验的第一天，她被引进了一个寒碜的住处——她为了安排那些粗劣的家什已经忙碌了一整天——她生平第一次懂得了家务劳动的艰辛——她生平第一次环顾身边这个没有一件高雅物品的家——几乎没有任何为人提供便利的器物；她这时候也许正疲惫不堪、没精打采地坐在那儿，思忖着将来的困顿前景呢。"

我不敢否认这幅画面就没有一点出现的可能性，于是我们只是默默无言地慢慢往前走。

我们从大道拐上一条狭窄的小径，它被树林的浓荫密密遮蔽着，呈现出一片完全与世隔绝的气氛，然后我们看见了那间小屋。它的外表即使对于最具有田园风格的诗人来说也嫌过于寒碜，不过倒也有一种可爱的乡村韵味。一株野生藤蔓用繁茂的簇叶覆盖了它的一侧，几棵树的枝干优雅地伸在屋顶上方；我观察到门边和屋前的草地上颇有韵致地摆放着几盆花。一道小小的边门正对一条穿过灌木丛的曲折小道，一直抵达屋门。就在我们走近小屋的时候，听见里面传出了音乐声——莱斯利拉住了我的胳膊，我们驻足倾听。那是玛丽的歌声，以最动人的朴素风格，唱着一支她丈夫特别喜爱的小曲子。

我感觉到莱斯利放在我胳膊上的手在颤抖。为了听得更真切，他向前走。他的脚步在沙砾小道上发出了声响。一张欢快的美丽脸庞在窗口闪现一下又消失了——传来一阵轻盈的脚步声，接着玛丽就迈着轻快的步伐前来迎接我们：她身着一套漂亮的乡村白衣裙，秀发上缀着几朵野花，双颊上泛着鲜艳的红晕，满脸明朗的笑容——我从来没见过她的模样这么可爱。

"我亲爱的乔治，"她喊道，"你回来了我真高兴！我一直在望啊望啊，还跑到路上去等你。我在房后一棵美丽的树下摆好了一张桌子，还摘了些最鲜美的草莓，因为我知道你喜欢它们——我们还有这么好的奶油——这儿一切是多么美好、多么宁静——啊！"她说着就让他挽住自己的一只手臂，欢乐地仰望着他的脸，"啊，我们会多么快乐啊！"

可怜的莱斯利完全被征服了。他把她拉进怀里，用双臂紧抱着她，一遍又一遍地吻着她——他说不出话来，泪水却涌出双眼。他后来常常对我说，虽然日后他的境遇好转了，他的生活的确也一直很美满，但他再也没有体验过比这更深切的幸福时刻了。

破碎的心

> 我从未听说
> 任何真正的感情，能逃脱忧虑的
> 摧残，就像蛀虫啃啮
> 春天最甜美的玫瑰花叶。
>
> ——米德尔顿

那些年岁超过了早年多情善感阶段的人，或者那些在放荡生活的纵情寻欢中成长起来的人，总会嘲笑一切爱情故事，把充满浪漫激情的传说只当作小说家和诗人的杜撰，这倒是司空见惯的事。但我对于人类天性的观察却使我的见解与此不同。观察结果让我确信，不论人的性格表层会因为人世的忧虑而变得多么冷漠和冰结，或者被社会的尔虞我诈打造出一张虚假的笑脸，但在冰冷的心灵深处却仍然潜藏着火种，一旦点燃就会猛烈燃烧，而且有时甚至会产生破坏性的效果。的确，我是命运盲目性的忠实信徒，而且完全相信它的教义。要我承认吗？——我相信破碎的心，相信由于失望的爱而死亡的可能性。当然，我并不认为对我的性别而言这通常是种致命的疾患；但我坚信它会使许多可爱的女性枯萎凋谢而过早地进入坟墓。

男人是利益和野心的动物，他的天性引导他进入尘世的争斗和忙碌。爱情只不过是他早期生活中的点缀，或者是行动间歇时吹奏的一支歌曲。他们追逐名声，追逐财富，攻占世界的思想领域，试图控制自己的同胞。但是，女人的整个生命却是一部情感的历史。她的心就是她的世界：她的雄心壮志是要努力在心中建立起王国；她的贪婪是要在心中寻求隐藏的珍宝。她让自己的同情心走上冒险之途，她把整个心灵都投入感情的航道中，一旦船毁，她便陷入绝境——因为这是她的心破碎了。

对于男人来说，爱情的失意可能引起某种剧烈的痛苦；这会挫伤几分柔情蜜意，这会毁损某些欢乐的期望。但男人的天性是积极活动——他可以在各种繁忙的事业中去排解自己的愁绪；可以一头扎进寻欢作乐的浪潮中；如果失意之地会引起他过度的痛苦联想，他还可以随意变换住所，犹如展开"黎明的翅膀"，可以"飞到天涯海角并在那里休憩"。[1]

然而，女人相对而言却过着固定的、隐退的、沉思冥想的生活。她更多地与自己思想和情感为伴；假如思想和情感被忧伤主宰，她到哪里去寻觅慰藉呢？她的命运就是被人追求、被人占有；假如她在爱情上遭遇不幸，她的心就会像一座被攻克、被劫掠、被抛弃、任其颓败的堡垒。

有多少双明亮的眼睛变得暗淡无光——有多少温柔的脸颊变得苍白失色——有多少美丽的倩影消失在坟墓中，却没有谁

---

[1] 语出《圣经·旧约》之《诗篇》第139章第9节。

能说出摧残她们美好生命的原因是什么！正如被射伤的鸽子会紧夹着自己的翅膀，遮盖和隐藏那致命的箭镞一样，女人的天性也是把自己受伤的感情痛苦对世人掩藏起来。一个柔弱女子的爱总是羞怯与沉静的。即使在幸运的时刻，她也很少对自己袒露心声。而在不幸的时候，她更是把爱埋藏在心的幽深处，在自己寂静的心灵废墟中瑟瑟发抖和郁郁沉思。心的渴求也随之泯灭了。生命的伟大魅力已经终结。一切使精神愉悦、情绪亢奋，能向血脉中注入健康的生命激流的欢乐活动，她都毫不属意。她的休憩受到破坏，恢复精神的甜美睡眠也被阴郁的梦境毒害——"冷酷的悲伤吮吸着她的血"，最后她虚弱的身躯在最微不足道的外部伤害中崩溃。之后不久你来寻找她，会发现朋友们在她早逝的墓前哭泣；你会感到奇怪——她前不久还那么健康美丽、光彩照人，怎么这么快就被送进了"黑暗与蛆虫"的领地。人们会告诉你，是冬日的一点风寒、某种偶发的微恙使她倒下的；却没有谁知道是精神的疾病先耗竭了她的体力，才使她如此轻易地成了死神的猎物。

她就像一棵弱小的树，是丛林的骄傲和美神；她体态优雅，枝叶鲜亮，但是蛀虫却在啃噬着树心。在她本应该最鲜活最繁茂的时候，我们却发现她突然枯萎了。我们看见她的枝条低垂到地面，树叶一片接一片飘坠，最后凋零和死亡，在森林的一片寂静中倒下。而当我们面对这美丽的残迹沉思默想时，总会徒劳无益地竭力去追索可能袭击与毁灭了小树的狂风或者雷电。

我曾目睹过许多女人趋向损耗生命、自暴自弃，渐渐从世界上销声匿迹，几乎就像水汽被蒸发进天空里一样。我曾反复设想，自己也许能够通过她们各种各样的耗损、淡漠、衰弱、消沉、抑郁的过程，一直回溯到她们爱情失意的第一个征兆，从而探知她们的死因。最近有人告诉我一个类似的事例，在事情发生的这个国家可谓家喻户晓，在此我将按照人们的述说把它讲出来。

每个人都一定记得爱尔兰青年爱国者E-的悲壮故事。[1]它是那么动人，人们是不会很快遗忘的。在爱尔兰动乱期间，他以叛国罪被审讯、判刑和处死。他的命运给公众同情心留下了深刻印象。他是那么年轻、那么聪明、那么慷慨、那么勇敢——具备了我们所喜爱的年轻人应该具有的一切。他在接受审讯时的举止也是那么崇高和无畏。他在驳斥对他背叛祖国的指控时大义凛然，在维护自己的名誉时是那么雄辩，他在被定罪的绝望时刻对后代的呼吁是那样悲怆感人——所有这一切都深深打动了每个宽宏大度的人的胸怀，甚至他的敌人也对处死他的苛政严刑感到痛惜。

然而，有一颗心的痛楚是无法以语言形容的。在原来较为快乐和命运顺利的日子里，他曾赢得了一位美丽而富于情趣的姑娘的芳心——她是爱尔兰一位曾经非常著名的律师的女儿。她以一个女人初恋时的无私热情爱着他。当俗世的一切律条准则都对他一致发动攻击时，当厄运突降、耻辱和危险在他的姓名上投下阴霾时，她却为他所经受的苦难而更加炽烈地爱着他。如果他的命运甚至可以唤起仇敌的恻隐之心，那么她——

---

[1]　"E-"指罗伯特·埃米特（Robert Emmet，1778—1803），他参加爱尔兰反抗英国统治的起义，失败后逃亡，在探望未婚妻萨拉·柯伦时被捕，被处死刑。

整个心灵都被他的形象所占据的人——所承受的痛苦又是何等巨大！只有那些曾被一道墓门将自己同世上最爱之人突然隔绝开来的人，他们才知道——只有那些坐在墓门前，仿佛被遗弃在一个冷漠孤寂的世界上，而最可爱、最亲密的一切都已永别的人，他们才知道。

然而，这样一座坟墓又是多么恐怖！如此可怕！如此屈辱！没有任何留存的回忆能慰藉永别的极度痛苦；没有哪种尽管忧伤却也温情的情景能永在心中珍藏；没有什么能把悲伤融成神圣的泪水——这些泪水如同从天堂降下的甘露，足以让痛苦别离时的心灵复苏。

她那不幸的依恋之情引起了父亲的不快，又被逐出家门，这使得她丧失情人的处境更为凄惨。假如友人的同情和好心照料能抚慰一颗被恐怖震撼和打击的心灵，她也许会感到不无安慰的，因为爱尔兰人具有敏感、慷慨的性情。一些富户望族给了她细致与真情的关怀。她被引入社交场合，人们尝试用各种活动和娱乐来驱散她的哀伤，让她能从悲剧性的爱情中解脱出来。可是一切都是徒劳。有一些灾难性的打击会损伤和烧焦心灵——会刺穿幸福攸关的致命部位——会粉碎它，使之永远无法结出蓓蕾、绽放花朵。她并不反对常去娱乐场所，但她在那里却像身陷孤独的深渊一样寂寞；她在悲伤的梦幻中徘徊游荡，对周围的世界显然毫无知觉。她怀着内心的伤悲，使一切出于友谊的关怀都徒劳无果，她对"魔法师的歌充耳不闻，尽管他祛病之法无比高明"。

给我讲故事的人曾在一次化装晚会上见到过她。没有比在这种场合见到病入膏肓的痛苦更令人震撼、令人心碎的了——

周围是一片欢乐，却看见她像幽灵一样孤独地、郁郁寡欢地游荡着；她穿着喜庆的服饰，却面色惨白，愁容密布，仿佛徒劳地要欺骗自己那颗可怜的心，好把悲痛暂时忘却。她带着心不在焉的神情，漫步穿过华丽的房间和令人目眩的纷扰人群，在一个管弦乐队的台阶上坐下，带着茫然的神情稍稍环顾四周，显然对五色缤纷的场面毫无知觉；随后便带着病态心灵所特有的变幻莫测的情绪，颤声唱起一支小小的哀怨曲。她的嗓音很美，在此刻更显得那么纯洁、动人，她唱出如此悲怆的心声，以至吸引来一群目瞪口呆、缄默不语的人，个个感动得热泪盈眶。

如此真实、如此动情的故事，在一个素以热情著称的国度里不能不激起人们的浓厚兴趣。它完全征服了一位勇敢的军官的心，他向她求爱了，他想，一个对死者都如此忠贞不渝的人，一定会对活着的人产生感情的。她拒绝了他的情意，因为她对故去情人的记忆还不可改变地占据着自己的心。不过他坚持不懈地追求她。他并非恳求要得到她的柔情，而只是她的敬重。她确信他的价值，也明白自己一贫如洗而要依赖他人的处境，因为她是靠友人的善心生活的——这些都对她有所帮助。总之，他的求婚最终获得了成功，不过她得到了庄严的承诺：她的心无可改变地属于另一个人。

他把她带到了西西里，希望环境的改变能逐渐磨掉她往昔的痛苦记忆。她是位和蔼的模范妻子，而且努力要成为一位快活的妻子。然而没有什么能治愈她那渗透到灵魂深处的无言的、毁灭性的忧郁。在缓慢但又是无可疗治的衰竭中，她耗尽了生命，最终走进了坟墓，成为一颗破碎之心的牺牲品。

著名的爱尔兰诗人穆尔[1]特意为她写了下面的诗句：

她远离了她的英雄的长眠之地，
　　周围的求爱者在叹息；
但她对他们的凝视冷漠地掉头不顾，哭泣着，
　　因为她的心已在他的坟墓中安息。

她唱着故乡平原的荒凉之歌，
　　他所喜爱的每个音符又响起——
啊！那些喜爱她曲调的人们却很少想，
　　吟唱者的心在怎样破碎！

他曾为爱而生——为他的祖国而献身，
　　正是这一切才使他留恋生命——
祖国的眼泪不会很快就干掉，
　　他所爱者不久也将随他而去！

啊！在阳光驻留的地方为她建一座坟墓，
　　阳光预示着光荣辉煌的明天；
阳光将照着她安眠，如来自西边的一抹微笑，
　　来自她自己的可爱的痛苦之岛。

---

[1]　托马斯·穆尔（Thomas Moore，1779—1852），爱尔兰文学史上杰出的爱国主义诗人。

寡妇和她的儿子

可怜的老年，在银白的鬓发间

永远洒满了荣誉与崇敬。

——马洛《帖木儿大帝》[1]

那些习惯于观察这类事情的人们，一定注意到了礼拜天的英国景物那种毫无生气的宁静。磨坊噼噼啪啪的响声，连枷有规律的反复的敲打声，铁匠锤子的叮当声，犁地农夫的口哨声，运货马车的嘎嘎声，还有其他各种农户劳作的声音，全都停息了。连村庄里的狗也因为很少受到过往行人的打扰，没有平日里那么频繁地叫了。在这样的时刻，我几乎觉得风静止了，阳光下的景物那鲜嫩的青翠色泽融进了蓝色的雾霭，都在享受着那一派空旷的静穆。

美好的一天，如此纯洁，如此宁静，如此明亮，

那是大地和天空结婚的日子。

---

[1] 克里斯托弗·马洛（Christopher Marlowe, 1564—1593），英国"大学才子派"剧作家。

把虔诚奉献之日规定为休息日，这是很有道理的。笼罩着大自然表面的那种神圣的静谧会产生一种精神影响；一切焦躁不宁的激情都被魔力抑制，我们感觉到灵魂中自然的宗教意识轻柔地在内心升腾而起。置身于大自然美丽的宁静气氛所包围的乡村教堂内，就我而言，心中会涌起在其他任何地方所未曾体验过的情感；在礼拜天，我即使并不具有更虔诚的宗教信仰，也自认为是比一个星期七天中其他日子里更为善良的人。

我最近在乡间居留时，经常去那座古老的乡村教堂做礼拜。教堂里那阴暗的走廊、崩裂的碑石、乌黑的橡木镶板，在远逝岁月的阴影中都显得那么令人敬畏，似乎使它成为很适合人们常去进行庄严沉思的地方。然而，由于教堂处于富裕的贵族地区，时尚的光彩也渗透进了这块圣地。我觉得自己不断地被周围那些可怜虫们的冷漠与浮华抛回尘世之中。在所有的教民中，唯有一个人显示出自己彻底感受到了真正基督教徒所应有的谦卑与屈从的虔诚，那是一位被漫长岁月和疾病的重负压弯了腰的贫穷而衰弱的老妇人。她还带有某种尚未沦于赤贫的迹象，她的面容上还能见到残存的体面的自尊。她的衣服虽然寒碜到极点，却精心地保持着整洁。她并不跟其他穷困的村民们坐在一起，而是独自坐在圣坛的台阶上，可见她还受到了一些小小的敬重。她这把年纪，仿佛已经把所有的爱、所有的友谊和整个社会都抛在了身后；除了对天堂的期望，她已经一无所有。当我看见她衰老的身躯在祷告时一起一伏，看见她习惯性地默诵着祈祷书——其实她麻痹的手和衰退的视力已不允许她阅读经文了，但她显然对它们已经谙熟于心——此时，我不得不相信这可怜妇人的颤抖的声音比教堂执事的应答、风琴的轰响或者唱诗班的歌声都会更早抵达天堂。

我喜欢在乡村教堂周围漫游，而这座教堂所处的位置又是如此令人心旷神怡，所以它总是吸引着我。它矗立在一个小土丘上，围绕它的一条小溪形成了一道美丽的弯流，接着又蜿蜒曲折地穿过一片长长的、长满柔软青草的地带。教堂四周种满了看上去跟它本身同样年龄的紫杉树。它那高高的哥特式尖顶在树丛中轻灵地耸起，四周总是盘旋着白嘴鸦和乌鸦。在一个安静的、阳光明媚的早晨，我坐在那里观望着两名工人挖掘墓坑。他们选择了教堂墓地里一个最偏僻、最不引人注目的角落。从周围无名坟墓的数目来看，似乎那些贫困的、无亲无故的亡故者都在地下胡乱地挤放着。我听说这新掘的坟地属于一个贫穷寡妇的独生儿子。正当我思忖着尘世的等级差别就这样延伸到尘土里的死者时，教堂的钟声宣告葬礼即将开始。这是一场贫寒的葬礼，完全谈不上什么尊贵体面。几个村民抬着一口用最粗陋的材料制作的棺材，上面没有棺罩或别的任何覆盖物。教堂司事带着一副冷漠的神情走在前面。没看见一个穿着葬礼服饰的虚情假意的哀悼者，只有一个真正的送丧人，跟在尸体后面虚弱地蹒跚着，那就是死者年迈的母亲——我曾在教堂里看见的那个坐在圣坛阶梯上的贫穷老妇人。她被一个竭力在安慰她的谦卑的朋友搀扶着。有几个贫穷的邻人加入了送葬的行列，一些村童们则手拉着手奔跑着，一会儿带着不假思索的欢乐喊叫着，一会儿又停下来，带着天真的好奇端详着那个送葬人的悲切表情。

送葬行列走近墓地的时候，教区牧师从教堂门廊里走了出来，他身穿宽大的白色法衣，手里拿着祷告书，执事陪伴在他身边。不过这场仪式纯粹是一次慈善行为。死者一贫如洗，生者一文不名。因此整个过程只是草率地略具形式而已，进行得冷冷清清，毫无感情。保养得极好的牧师只不过从教堂门口朝外面挪动了几步，在墓地几乎就听不清他的声音。我从没听说过肃穆动人的丧葬仪式会变成如此冷淡乏味的哑剧表演。

我走近墓地。棺木已经被放置在地上，上面刻着死者的姓名和年龄——乔治·萨默斯，去世时二十六岁。可怜的母亲被人搀扶着在棺木前方跪下。她那干枯的双手紧握在一起，仿佛在祷告，可是从她身体的微弱摇晃和嘴唇的痉挛中，我能觉察到她正以一个慈母心中的怀念之情最后凝视着儿子的遗体。

棺木入土的准备工作完成之后，墓地上顿时出现一片忙乱，粗暴地冲击着悲痛和慈爱的感情。冷冰冰的处理事务的声调发出指令，铁锹插入沙砾发出了摩擦声——在我们所钟爱的人墓地上响起的这些声音，是一切声音中最折磨心灵的。周围那一片忙乱似乎把母亲从一场悲惨的幻梦中唤醒。她抬起呆滞的眼睛，带着虚弱的狂乱神情环顾四周。当人们拿着绳索走近，准备把棺木放进墓穴的时候，她双手紧紧拧在一起，坠入剧烈的痛苦之中。陪伴她的那个贫穷女人拉着她的一只胳膊，竭力把她从地上拉起来，嘴里悄声说着像是安慰她的话："别，好啦——别，好啦——心里别太难过啦。"而她就像一个无可劝慰的人，只是摇着头，拧着双手。

当人们把遗体放进地下去的时候，绳索的嘎嘎声似乎使她伤痛欲绝，但是每当出现某种意外阻碍，棺木发生撞击时，母亲的全部柔情就顿时喷涌而出，仿佛有什么伤害会降临到那个远离人世苦痛的人身上。

我再也看不见眼前的一切——我的心梗塞到了喉咙口——我的眼睛里充满了泪水——我觉得自己似乎扮演着一个野蛮的角色，站在一旁闲适地观看着这幕慈母哀伤的戏剧。我溜到了墓地的另一处，在那里一直待到送葬的人群散去。

　　我看着那位母亲慢慢地、痛苦地离开墓地，把凝聚着她在人世间所有慈爱的那具遗体留在了身后，复归到她孤寂与贫困的生活中去，这时候我的心在为她而疼痛着。我想，富人们会有什么忧伤呢！他们有朋友来安慰——他们有娱乐来消遣——他们有一片转移、驱散痛苦的天地。青年人又会有什么苦恼呢！他们正在成长的心灵会很快愈合创伤——他们生机勃勃的精神会很快冲破压力——他们稚嫩而易变的情感会很快恋上新的对象。然而，那些从外界无法得到慰藉的穷人的痛苦——那些老人的痛苦，至多还有几载风烛残年，再也找不到日后的欢乐——一个寡妇的痛苦，年迈、孤独、赤贫，为失去人生最后安慰的独子而哀伤——这些都是让我们感到无力劝慰的真正的痛苦啊。

　　我过了一阵才离开墓地。在回家的路上，我遇见了那位充当劝慰者的妇人，她刚刚陪伴那位母亲回到她那孤独的住所。我从她那里打听到与我所目睹的感人情景有关的一些细节。

　　死者的父母从他童年时就居住在这个村子里。他们的房子是当地最整洁的农舍之一，夫妻俩从事各种乡村行业，再加上一个小菜园，经济上倒也颇为宽裕，堪称舒适，过着幸福的、毫无瑕疵的生活。他是他们的独子，已经长大成人，成为他们这种年纪的人的支柱和骄傲。"啊，先生！"那好心的女人说，"他是那么英俊的一个小伙子，脾气那么好，对周围每个人都那么和气，对父母是那么孝敬！看到他在礼拜天穿上最好的衣服，个子高高，腰板笔挺，笑呵呵地搀扶着他的老母亲上教堂，可真让人打心眼儿里高兴。——母亲总是更喜欢靠在乔治的胳膊上，而不愿让老伴扶着。可怜的人啊，她满可以为他感到自豪，因为周围没有比他更好的小伙子啦。"

　　不幸的是，在一个农事艰难的荒年，儿子被人引到往返于附近河流的一条小船上去做工。这个活儿还没干多久，他就被征募队抓去服苦役，被押解出海了。他的父母只获知了他被抓走的消息，之后就再也没有音讯了。他们丧失了家庭的顶梁柱。父亲的身体本来就很衰弱，从此变得心绪恶劣、郁郁寡欢，终于进了坟墓。撇下孤苦无助、年迈体弱的母亲，没法维持生计，只好接受教区的救济。好在全体村民对她怀着友善的感情，她作为最年长的村民之一也受到某种敬重。由于没有谁要求住进那间她曾度过许多幸福时光的农舍，所以允许她继续住在里面，过着孤苦伶仃、几乎毫无依靠的日子。她不多的生活必需品主要靠她那个小菜园的贫乏收获来供应，而邻人们也时不时地帮她耕种这个菜园。仅仅在我获知她的这些情况的前几天，她正在采摘蔬菜做饭的时候，听见面对菜园的农舍门突然打开了。一个陌生人走了出来，似乎急切而狂乱地四处寻找着什么。他穿着水手服装，形容憔悴，像死人般苍白，神气就像一个被疾病和困苦所摧毁了的人。他看见了她，急忙朝她走去，但他的步伐软弱无力、踉踉跄跄；他双膝跪倒在她跟前，像孩子一样啜泣着。可怜的妇人用茫然不知所措的眼光盯着他——"啊，我亲爱的、亲爱的妈妈！你认不出你的儿子了吗？认不出你可怜的孩子，乔治？"这确实是她曾无比珍爱的劫后余生的孩子，被创伤、疾病和海外的囚禁所摧毁，终于拖着残疾的肢体回来了，回到他度过童年的地方来安息。

我不打算对悲喜如此彻底地交织在一起的重逢作详尽的描述：他总算还活着！他终于回了家！他或许会活下去为老母亲的晚年带来慰藉和爱抚！然而，他的生命活力已经耗竭了；如果他还需要做什么事来终结自己的命运，那么回到那间他出生的荒凉凄清的农舍去就足够了。他在寡母曾经度过许多不眠之夜的简陋小床上长躺下来，从此就再也没有爬起来了。

村民们听到乔治·萨默斯归来，全都拥来看他，尽他们绵薄之力提供一切安慰和帮助。可是，他却虚弱得连话也讲不出了，只能用眼神来表达他的感激。他的母亲每时每刻照料着他，看来他也不愿意接受别的任何人的帮助。

疾病中有某种东西会摧毁人的自尊，柔化人的内心，把人带回到婴儿时期的情感。一个人即使到老年因疾病和沮丧而变得衰弱萎靡时，一个人在异国他乡过着被人忽视与孤独的生活，缠绵于病榻日渐憔悴时，谁能不想到照料他的童年、抚平他的枕头、扶助他孤弱无助生命的母亲呢？啊！母亲对她儿子的爱中始终有永恒不渝的柔情，它超越了存在于心中的其他任何的爱。它既不会因自私而变得冷淡，也不会因危险而变得畏怯；既不会因儿子的卑微而减弱，也不会因他忘恩负义而消亡。她愿意为了儿子的便利而牺牲自己所有的舒适；她愿意为儿子的愉悦而放弃自己的一切欢乐；她以儿子的荣誉为荣耀，为儿子的成功而欢欣。假如儿子遭遇厄运，他会因厄运而对她更显珍贵；假如他的名誉蒙受耻辱，她会不顾他的耻辱而仍然爱他、珍惜他；假如他被整个社会抛弃，她愿意做他人世间的一切。

可怜的乔治·萨默斯已经尝过那是什么滋味：他身染疾病，没有人安慰他——他形只影单，身陷牢狱，没有人来探视他。现在他简直不能忍受母亲离开他的视线；只要她一走开，他的目光就一直跟随着她。她会一连几个钟头坐在他的床边，在他睡着时守护着他。他有时会从高热的梦魇中惊醒，焦虑地举目四处找寻，直至他看见她正朝自己俯下身来。这时，他会抓住她的一只手，放在自己的胸膛上，然后带着孩童般的平静重新入睡。他就在这样的状况中死去了。

我听到这个穷困人家备受磨难的故事以后的第一个冲动，就是去造访那位丧子妇人的农舍，给予她一些金钱上的帮助，如果可能再给予安慰。不过我经过询问了解到，村民们在慈爱感情的驱使下已经为她做了情况许可的一切事情，况且穷人是最了解应该怎样彼此劝慰对方的伤悲的，因此我没有冒昧地介入其中。

下一个礼拜日我又去了乡村教堂。让我感到吃惊的是，我看见那个穷苦的老妪正摇摇晃晃地走过廊道，朝圣坛的阶梯上她通常的座位走去。

她尽力穿戴了一些好像是悼念儿子的饰物。没有任何东西比诚挚母爱与极端贫困之间所展开的这场搏斗更令人感动了：一条黑色缎带之类，一张褪色的黑手帕，再有一两种诸如此类的谦卑的尝试，借外在的标志来显示无法表达的伤悲。当我环视四周那重重叠叠的墓碑，墓门上那些堂皇的家族徽章，那些以华贵豪奢的方式来追悼逝者尊严的冰冷的大理石精美雕刻，再转向这个坐在她的上帝的圣坛前、被衰老和忧伤压弯了腰的贫穷寡妇，她正以自己尽管破碎然而虔诚的心奉献上自己的祈祷和赞美。此时，我感到这是座浸透了真切哀痛的、活生生的墓碑，其价值抵得过所有那些浮华之物。

我把她的故事讲给一些富有的教友们听，他们被深深打动了。他们努力让她的处境变得舒适一些，使她的痛苦减轻一些。然而，这只不过是让她通往坟墓的几级阶梯变得平坦一些而已。在后来的一个或两个礼拜日，她再没出现在教堂里她的老座位上。在我离开此地之前，我带着满足的心情听说她已经平静地死去，跟她所爱的人团聚去了——在那个世界里，绝不会有忧伤，亲友也永不分离。

文学沧桑
——在威斯敏斯特教堂的一场对话

我知道月亮照耀下的万物都会衰朽，

凡人带到世间的一切，

日久终将复归于乌有。

我知道诗神的一切天籁之歌，

费尽心血，付出如此高昂的代价，

犹如飘荡的声音，极少或根本无可追寻，

再没有什么比无谓的赞美更无足轻重。

——霍桑顿的德拉蒙德[1]

思想总会有半梦半醒的时候，在这种心情下，我们自然会避开喧嚣热闹，寻找某个宁静的去处，可以在那里沉溺于梦想，给自己建造一座不受干扰的空中楼阁。正是带着这样的情绪，我徘徊在威斯敏斯特教堂古老的灰色回廊附近，沉浸于胡思乱想的奢侈享受，对此人们总喜欢美其名曰"沉思默想"。就在这时候，威斯敏斯特公学一群踢足球的莽撞男孩突然闯了

---

[1] 霍桑顿的德拉蒙德（William Drummond of Hawthornden, 1585—1649），苏格兰诗人。

进来，打破了寺院的宁静，使得拱形通道和颓败的墓穴都回荡着他们的欢闹声。为了躲避他们的喧哗，我走进了寺院更僻静的深处，请求一位司事允许我到图书馆里去。他引着我走过一处刻满破碎的古代雕塑的入口，往前进入一条阴暗的过道，它通往牧师会礼堂和收藏土地人口勘查册的小房间。通道里左边有一扇小门，司事拿钥匙去开这扇门。门上装着两道锁，开起来有些困难，看来它很少被打开。接着我们便登上一段黑黢黢的狭窄梯级，再穿过第二道门，走进了图书馆。

我发现自己置身于一个高朗的古老大厅里，屋顶用古老英国的巨大橡木梁支撑着。一排距地面很高的哥特式窗户向大厅里投射下朦胧光线，它们显然是开在回廊屋顶上的。壁炉上方悬挂着教堂的某位身穿长袍的高级教士的古老肖像。大厅四周和一个小通道里都摆放着书籍，排列在许多雕花的橡木书柜里，其中大多是古代神学论辩著作，其残破不堪与其说是由于使用，倒不如说是因为年代久远。图书馆中央只有孤零零的一张桌子，上面放着两三本书，一只没有墨水的墨水台，几支因为长期无人使用而枯干的笔。这个地方倒是很适合安静的研读和深沉的思考，它深深隐藏在寺院厚重的高墙之内，与尘世的喧嚣相隔绝。我只是偶尔能听到，从回廊那边隐约传来学童们的叫喊声，以及沿着寺院屋顶从容回荡的召集祈祷的钟声。渐渐地，欢闹声变得越来越微弱，终于完全消失；钟声也停止了鸣响，于是阴暗的大厅里笼罩着一派深沉的静谧。

我取下一本奇异地用羊皮纸装订、安着铜扣的四开本小厚书，在桌子前面一把古老的扶手椅上坐下来。不过我并没有去阅读，却因寺院的庄严气氛和这里的一片死寂而陷入一连串的沉思。我环顾四周那些古老卷帙，封面残破，排列在书架上，显然从来没有人去打扰它们的清梦。我忍不住想，这座图书馆就像一座文学的陵寝，而作者就像木乃伊，被人虔敬地安葬在这里，任其湮没在尘埃中，发黑霉腐。

我想，这些被如此冷漠地抛在一边的书籍，每一册都曾经让作者怎样绞尽脑汁啊！耗费了多少个精疲力竭的白昼啊！苦熬了多少个辗转难眠的夜晚啊！它们的作者曾经怎样把自己埋葬在荒僻的寺院斗室中，让自己同世人隔绝，甚至看不到大自然那更慈爱的面容，而献身于艰苦的钻研和紧张的思考！这一切是为了什么呢？为了在尘封的书架上占据方寸之地——为了自己著述的书将来能不时被某个昏昏欲睡的牧师或者像我这样偶尔闲逛至此的人读到，而在另一个时代被埋没、甚至被遗忘吗？夸耀著述乃所谓不朽之盛事，充其量就如此而已。不过是引起短暂的传闻骚动，在当地发出过一点儿声响，就像刚才在这些塔楼间鸣响的钟声，一时充盈于耳——继而回音流连片刻——随即消失，就像不曾有过那回事一样。

我一只手托着头坐在那儿，一边自言自语，一边沉浸于这些无益的思绪，另一只手却随意敲着那本四开本小书，无意间把书扣弄松了。使我大吃一惊的是，那本小书竟像一个从深睡中醒来的人那样打了两三个哈欠，接着沙哑地哼了几声，最后竟然开口说话了。一开始它的声音很沙哑，断断续续，因为一只勤劳的蜘蛛在它身上织了网，所以说话很艰难，或许还因为长期处于寺院的寒冷潮湿中而患了感冒。不过，它的声音一会儿就变得清晰起来，而且我很快就发现它是个伶牙俐齿、极为健谈的小书。当然，它的语言相当陈旧过时，它的发音在今天听起来也会被视为很不规范，不过我会尽自己之所能把这些话译成现在的说法。

它一开口就埋怨世界对自己的忽视——说自己的价值被人们漠视，唠叨了文学界诸如此类的牢骚不满的老话题，苦涩地抱怨说自己两百多年间一直没有被人打开过。它还抱怨教长只是时不时地进一进图书馆，有时候拿一两本书下来，草草一看，然后就放回书架。"这些家伙真是讨厌之极，"那本四开本小书说，我开始觉察到它有点冒火了，"这些家伙真是讨厌之极，把我们几千卷书关在这里，让几个老司事看管着，就像把许多佳丽关在后宫里，只不过供教长偶尔垂幸一下吗？书写出来是为了给人带来乐趣、让人欣赏的。我但愿能通过一条规定，要教长每年至少必须来看望我们每本书一次。如果他不能胜任这个职责，那就让他们立即把威斯敏斯特公学全体师生放到我们这儿来。这样不管怎样我们还能时不时地透透气吧。"

"别急躁，我可敬的朋友，"我回答道，"您还不知道自己比起同时代的大多数书籍要好多了。把您收藏在这个古老的图书馆里，您就像那些圣人和帝王的珍贵遗骸一样，被安放在毗邻的小教堂里；而同时代人的书籍遗骸却听其自然，早已复归尘土了。"

"先生，"那本小书说，一边扇动着它的书页，显出自负的神气，"我可是写给整个世界的，而不是为了一座寺院里的书蠹们。本来是要我像同时代其他皇皇大作一样让人们争相传阅的，却被关闭在这里两个多世纪。倘若不是您碰巧给我一个机会，让我在粉身碎骨之前最后说几句遗言，很可能我就会默默无声地成为蠹虫的食物，五脏六腑被它们吃光了。"

"我的朋友，"我回答道，"要是真像您所说的那样把您交给世人传阅，您早已尸骨无存了。从您的相貌来看，您已被岁月销蚀殆尽，您的同时代书籍至今尚存的已寥寥无几。这些少数的幸存者能像您一样得以长寿，也是因为被禁闭在古老的图书馆里。且允许我再多说几句，与其把图书馆比作皇帝的后宫，您倒不如把它比作附属于教会的造福老弱者的医院，这样更恰当，也更心怀感激。年老体弱者在医院里安静休养，无所事事，常常得以把毫无意义的老朽生命绵延到惊人的久远。您说到您同时代者仿佛还在流传——其实我们在什么地方能见到它们呢？对于林肯的罗伯特·格罗特斯特[1]，我们还能听到些什么呢？为了流芳百世，没有谁能像他那样含辛茹苦。据说他写了近两百卷书。他可谓建造了一座让自己名垂青史的书籍的金字塔。可是，唉！那座金字塔早已倒塌了，只有几块碎石散落在各处的图书馆里，连古物研究者也很少到那里去打扰它们。吉拉都斯·坎布仁斯[2]，那位历史学家、考古学家、哲学家、神学家和诗人，我们还能听到他的什么呢？他两度辞去主教职务，以便能够关门著述，为后代写作，可是后人对他的劳绩从不过问。亨廷顿的亨利[3]又怎样呢？除了一部博学的英国史之外，他还写过论蔑视世俗的论文，结果世人便以遗忘来报复

---

[1] 林肯的罗伯特·格罗特斯特（Robert Groteste of Lincoln，1175—1253），英国牧师、作家。

[2] 吉拉都斯·坎布仁斯（Giraldus Cambrensis，1146—1220？），英国牧师、历史学家。

[3] 亨廷顿的亨利（Henry of Huntingdon，1084？—1115），英国历史学家，曾任亨廷顿副主教。

他。当时在古典写作方面被誉为奇才的埃克塞特的约瑟夫[1]，人们还在引用他的什么呢？他的三部伟大的英雄史诗，一部永远失传，只剩下点零篇断简，另外两部也仅为少数几个文学上的猎奇者所知。至于他的情诗和警句，则已全部泯灭了。赢得了生命之树美名的方济会教士约翰·沃利斯[2]，现在还有什么用处？还有马斯伯里教堂的威廉[3]——还有达勒姆的西米恩[4]——还有彼得博罗的本尼迪克特[5]——还有圣阿尔班斯教堂的约翰·汉威尔[6]——还有……"

"请问，朋友，"那个四开本书以烦躁的语调叫喊起来，"您以为我多大年纪？您说的那些作者生活在比我早得多的时代，用拉丁文或者法文写作，因此在某种程度上归化了外国，活该被遗忘。可是我呢，先生，我是通过赫赫有名的温金·德·沃德的印刷术而来到世间的。我是用自己的母语写成的，当时语言已趋定型。事实上，我被人们视为纯粹、优雅英语的典范。"

我注意到它的这番话措辞极其古奥，要把它们译成当今说

---

[1] 埃克塞特的约瑟夫（Joseph of Exeter），12—13世纪英国的拉丁语诗人。

[2] 约翰·沃利斯（John Wallis，1616—1703），英国数学家、牧师。

[3] 马斯伯里教堂的威廉（William of Malmesbury，1090—1142），英国教士、历史学家，任职于马斯伯里寺图书馆。

[4] 达勒姆的西米恩（Simeon of Durham，？—1130），英国历史学家，英格兰北部达勒姆修道院的教士。

[5] 彼得博罗的本尼迪克特（Benedict of Peteborough，1177—1193），英国历史学家、牧师。

[6] 圣阿尔班斯教堂的约翰·汉威尔（John Hanvil of St Albans），12世纪英国历史学家、教士。

法，我遇到了极大的困难。

"我请求您原谅，"我说，"我把您的年龄弄错了；不过这没有多大关系，您那个时代的几乎所有作家都像这样被人们遗忘了。德·沃德的出版物如今只是藏书家的文学珍藏而已。您认为语言的纯粹和稳定就有权永恒不衰，其实这对各个时代的作家来说都是谬误的依据，即使上溯到用混杂的撒克逊韵脚写历史的可敬的格洛斯特的罗伯特[1]也是如此。直到现在人们还对斯宾塞[2]的、纯洁无瑕的英语清泉津津乐道，仿佛那语言是从井中或泉水源头自然涌出的，其实它仅仅是各种语言的汇集，永远处于变化和混合之中。正是因为这样，才使得英国文学如此变化无穷，而建立在它之上的文人声望则如镜花水月。甚至思想也必然像别的任何事物一样不免遭到衰朽的厄运，除非思想能够依靠某种更恒久更稳定的载体而不是这种语言媒介。这一点对于最走红的作家的虚荣心和自鸣得意，应该产生一种遏制力。他发现赖以扬名的语言正在逐渐变迁，会受到时间流逝和时尚变幻不定的影响。他回顾以往，看到本国曾经在当时最受宠爱的早期作家也被现代作家所取代。短短几代时间就使他们湮没无闻，他们的价值不过是供书蠹们的古怪胃口品味而已。他预期自己著作的命运也会如此。不论当时怎样受到赞赏，被奉为纯洁的典范，也会在岁月流逝中变得陈旧过时，直到最后它们在本国也会变得晦涩难解，就像埃及的方尖碑，

---

[1] 格洛斯特的罗伯特（Robert of Gloucester），13世纪英国历史学家，以其《格洛斯特的罗伯特编年史》著称。

[2] 埃德蒙·斯宾塞（Edmund Spenser, 1552-1599），英国诗人，代表作为《仙后》。

或者像据说存在于鞑靼荒漠里的那种北欧古文碑铭一样。我承认，"我有些感触地接着说，"每当我注视着现代图书馆里充塞的那些服饰华丽的烫金精装新书时，都想坐下来哭一场，就像泽克西斯[1]视察自己排成雄伟壮观队列的军队时，想到百年之内没有一个人会活在人世一样！"

"哦，"四开本小书长叹一声说，"我明白是怎么一回事了。如今这些粗制滥造的文痞取代了全部古代优秀作家。我猜想，除了菲利普·锡德尼爵士[2]的《阿卡迪亚》、萨克维尔[3]的高贵剧作和《地方行政官的镜子》，或者无与伦比的约翰·黎里精雕细琢的绮丽文章以外，现在人们什么书都不读了。"

"那您又错了，"我说，"您以为那些作家还在走红，是因为您最后流通的时候他们也正好在流行，其实现在他们早已寿终正寝了。菲利普·锡德尼爵士的《阿卡迪亚》，赞赏者曾天真地预言其不朽，书中也确实充满了高贵的思想、精美的意象和优雅的措辞，但现在几乎不被提起了。萨克维尔则已高视阔步地走进了湮没无闻之中；甚至黎里，尽管他的作品曾经一度被宫廷所喜爱，看起来都成了永恒的格言警句，可是现在人们连他的名字都几乎不知道了。当时著书立说、争辩不休的那整整一群作家，也同样倒下了，他们的全部著述和论辩也随之消亡。后世的文学浪潮一波又一波席卷他们，直到把他们深深

---

[1] 泽克西斯（Xerxes，约前519—前465），波斯国王，曾组织大军入侵希腊，据说他在出发前感慨不知能剩几人从战争中返回。

[2] 菲利普·锡德尼（Sir Philip Sidney，1554—1586），英国诗人。

[3] 托马斯·萨克维尔（Thomas Sackville，1536—1608），英国剧作家。

埋葬，只偶尔有某位古代断简残篇的勤勉探求者弄出一个样本来满足好奇者罢了。"

"至于我，"我继续说，"则认为语言的变迁是上帝造福全世界，尤其是造福作家的一种明智的谨慎措施。不妨用譬喻来说明这个道理：我们每天都看到各种各样美丽的植物品类生长起来，在短短一段时间里繁盛蓬勃、装点了田野，随后就委顿于泥土之中，让位给后继的植物。假如不是这种情况，大自然的丰饶就会成为祸害而不是幸事了。地球会被过量的繁茂植物压得喘不过气来，地球表面会变成绞缠纠结的一片荒原。同样，天才和渊博之作也会消亡，让位给后继之作。语言是逐渐变化的，随着语言的消亡，曾经在自己时代兴盛过的作家其作品也会消亡；否则，天才的创造力会让世界充塞过多的东西，思想也会在无尽头的文学迷宫里茫然迷失方向。以前这种过度增长还有所限制。著作必须用手抄写，这是既耗费时间又很劳累的事情。要么抄写在昂贵的羊皮纸上，所以常常要擦掉一部著作再另抄一部；要么抄在草纸上，它质地脆弱、非常容易毁损。写作是一门受局限又无利可图的技艺，主要由闲适僻静的寺院里的僧侣们来从事。手稿的积聚既缓慢又昂贵，几乎完全局限于寺院之内。在某种程度上，也许正是由于这些情况，我们才没有被古人的才智所淹没，思想的源泉才没有冲破堤岸，现代天才也才没有被泛滥洪水所埋葬。但是纸张和印刷的发明打破了这种限制，使每个人都能成为作者，每一种思想都能印成文字，并传播到整个知识世界。其后果真是令人惊恐。文学的小溪流陡涨为激流——再会聚成江河——再扩展为海洋。几个世纪前，五六百部手稿就构成一个大图书馆；而现在那些实际存在的图书馆，它们的藏书已经达到了三四十万册；与此同时，有如大军团的众多作者正在忙碌；出版业在以可怕的速度增长着，使书籍数量达到两倍、四倍，你面对这一切说什么好呢？既然诗神缪斯变得这样多产，那么除非在她的后裔当中发生预料之外的死亡率，否则我真为后世子孙感到害怕。我担心仅是语言的变迁恐怕还不够。文学批评也可以起很大作用。它随着文学的增长而增长，同经济学家所说的那种对人口进行有益节制的原理颇为相似。因此，对于无论好坏的批评家们，真应该尽量鼓励他们成长。不过，我担心这一切都是徒劳；无论批评家怎么说，作家仍然照写不误，出版家也照印不误，于是世上又会不可避免地充斥着书籍了。很快，仅仅研究书名都会成为一种毕生事业了。现在许多尚有知识的人除了书评之外几乎不读任何东西；不用过多久，一个饱学之士也就比一本会走路的图书目录好不了多少了。"

"我的好先生，"那本四开本小书说，一边当着我的面困倦地打着哈欠，"请原谅我打断您。我发现您很是喜爱散文。就在我离开世界之时，有一位名噪一时的作家，我想打听一下他的命运。不过人们认为他的名望只是昙花一现。有识之士谈起他就摇头，因为他是个只受过半吊子教育的可怜的无赖，对拉丁文所知极少，对希腊文更是一窍不通，还因为偷鹿不得不逃离故乡。我想他的名字叫莎士比亚。我猜想他很快就湮没无闻了。"

"正好相反，"我说，"就是因为有了这个人，他那个时代的文学才享有比英国文学一般时期更长的寿命。时不时地会出现一批作家，他们因为植根于人类天性的永恒原则，所以似乎能抵御语言的变迁。他们就像在河流两岸不时可以见到的那些参天大树，依靠又粗又深的树根，穿透土地表面，紧紧抓住大地深深的根基，保护周围的土壤不被长流的河水冲走，支撑着四周许多植物，也许还有无用的杂草，使它们都得以长存。莎士比亚就是这样，我们看到他抵抗着时间的侵害，让当时的语言和文学仍然适用于现在，使许多才能平平的作家仅仅因为生长在他周围而枝繁叶茂，常葆青春。可是说来痛心，就连他也逐渐显出老迈之色了。他身上寄生着数量巨大的评论家，就像那些藤蔓植物，几乎完全包裹了支撑它们的高贵大树。"

听到这里，那本小书开始抽着气味味发笑，最后终于爆发出痉挛似的大笑，险些把自己呛着，这是因为它的身体过分肥胖的缘故。"了不得！"它刚缓过气来就喊叫道，"了不得！如此说来，您是要我相信，一个时代的文学之所以能绵延永恒，是靠了一个偷鹿的流氓！靠一个不学无术的人！一个诗人，的确是靠一个诗人！"

我得承认，对这种粗鲁态度我感到有些恼怒，不过，鉴于它生存在一个不太文雅的时代，我原谅了它。然而我决定在观点上毫不让步。

"是的，"我语气坚定地接着说，"是一个诗人。因为在所有作家中，只有他有流芳百世的最好机遇。别人也许是用头脑写作，他却是用心在写，而他的心总是能理解他的意图。他是大自然忠实的描写者，而大自然的风貌总是始终如一，总是富有情趣。散文作家的作品庞杂繁复而言之无物；充斥着陈词滥调，思想空泛、冗长乏味。而在真正诗人笔下，一切都精练、动人、才华横溢。他用最精妙的语言去表达最精妙的思想；他用观察自然和艺术时感受最深的一切来表现他的思想；他用宛如亲眼所见的人生图画去丰富思想。因此，他的作品囊括了他所处时代的精神和芳华——如果我能这样措辞的话。它们是些小小的的百宝匣，里面装的家传珍宝就是语言财富，以手提箱的形式传到后代手里。镶嵌珍宝的框子也许有时候显得陈旧，需要不时更新，正如乔叟那样。可是珠宝的灿烂光芒和固有价值是恒久不变的。让我们回顾一下漫长的文学史。那是多么幽暗的广阔深谷，充满了僧侣传说和经院辩论！那是怎样一些神学推理的泥淖！怎样一片玄学的阴郁荒原！我们只不过零零落落地看到一些被天堂的光辉照亮的诗人，犹如灯塔矗立在相距遥远的各个高地上，放射着映照万代的诗歌的圣洁光辉。"

我正准备对当代诗人作一番赞美，门突然打开了，引得我转过头去。原来是教堂司事来告诉我，图书馆到关门的时候了。我想和那本小书说句道别的话，可是那本可敬的小书已经寂然无声；环扣已经合了起来，仿佛它全然不知刚才所发生的一切。后来我又到过图书馆两三次，试图和它再作深谈，但都是徒劳；甚至这些海阔天空的交谈是否真正发生过，或者只是又一次我常易发生的幻想，直到此刻我也没能弄明白。

埃文河畔的斯特拉福德镇[1]

温柔流淌的埃文河，在你银色的波光中，

亲爱的莎士比亚会梦见不朽的万物；

月光下仙女围着他的绿茵睡床起舞，

因为他头枕着的芳草地是一片圣土。

——伽里克[2]

一个无家可归的人，在这广阔的世界上没有一个地方他能真正说是属于自己的，然而在经过了一天疲乏旅行之后，他踢掉靴子、把脚塞进拖鞋、在旅店的火炉前舒展开四肢的时候，便会暂时获得类似拥有独立与领地的自尊感。让外面的世界滚得远远的吧，王国的兴衰也由它去吧！只要有钱付账，当下他就是眼前一切的君主。扶手椅就是他的御座，拨火棒就是他的权杖，那个大约十二英尺见方的小起居室就是他无可争议的帝

---

[1] 埃文河畔的斯特拉福德镇（Stratford-on-Avon），莎士比亚故乡，在英国中部沃里克郡。

[2] 大卫·伽里克（David Garrick，1717—1779），英国诗人、演员，1769年组织斯特拉福德镇莎士比亚庆典，为宣传莎士比亚戏剧做出巨大贡献。

国。这是在不安定的生活中所能获取的一点点安定；这是在荫翳的日子里仁慈闪现的片刻晴朗。大凡有过某种漂流经历的人，都懂得珍惜这哪怕是些许或片刻愉悦的重要性。"难道我在自己的旅店里也不能舒服自在吗？"我这样想，一边拨一拨炉火，懒洋洋地往后靠在扶手椅上，志得意满地环视着埃文河畔斯特拉福德镇红马旅店的这个小房间。

　　亲爱的莎士比亚的话语正从我心头掠过，这时，安葬着他的那座教堂的钟楼敲响了午夜十二点。门上有一下轻微的叩门声，一个漂亮的女仆伸进她微笑着的脸，略带踌躇地问我是不是按过铃。我明白这是一种客气的暗示，表示现在是该休息的时候了。我那拥有绝对统治权的幻梦就此宣告结束，于是我像一位审慎的君主自动逊位，以免被人罢黜，然后把《斯特拉福德旅游指南》夹在臂下，准备当作枕边伴侣，随即上床就寝，我整夜都梦见莎士比亚，梦见那场盛大庆典，还有大卫·伽里克。

　　第二天清晨是早春时节常见的晴暖天气，因为现在大约是三月中旬了。漫长冬季的寒意突然消退，北风已经耗竭了它最后一声喘息；柔和的清风从西边潜来，把生命的气息吹进大自然的怀抱，向朵朵蓓蕾和鲜花求爱，让它们勃发芬芳、展现娇容。

　　我是到斯特拉福德镇来对诗人做一次朝圣旅行的。我首先参观的是莎士比亚诞生的那所房子，他在那里被抚养成人后，遵照传统继承了父亲梳羊毛的行业。那是一所不大而模样简陋的用木头与灰泥建造的房子，是真正养育天才的地方，仿佛因为屋角里曾经孵化出了天才苗裔而显出一副沾沾自喜的神气。屋里那些肮脏房间的墙壁上涂满了朝觐者用各种文字写下的姓名和题词，他们来自不同的国家，属于不同的阶层，处于不同的地位，从王侯直到农夫，但无不以朴素而感人的方式对这位天才的伟大诗人表达了人类自发的、普遍的崇敬。

引导参观这所房子的是一个絮絮叨叨的老妇人，一张神情冷淡的红彤彤的脸，因为那冷静却又显得急切的蓝眼睛而闪耀出光彩，头上装饰着亚麻色假发，发丝从一顶极其肮脏的便帽下卷曲而出。她极其殷勤地展示那些遗物，而这所屋子就像别的著名圣地一样，里面的遗物数不胜数：有那支火绳枪的破损枪托，莎士比亚在偷猎时曾用这支枪打过麋鹿；有他的烟盒，足以证明他在吸烟方面堪与沃尔特·雷利爵士匹敌[1]；也有他扮演哈姆雷特时用过的那把剑，还有劳伦斯神甫在墓中发现罗密欧和朱丽叶时用的那盏货真价实的提灯！[2]屋里还大量供应莎士比亚种植的桑树木片，它们也像那真正的十字架木[3]一样，似乎具有出奇的自我增殖能力，现今存世的已多得足够造一艘军舰了。

不过最令人喜爱的珍品是莎士比亚的椅子。这把椅子立在一个阴暗小房间的烟囱旁的角落里，位于他父亲工作间的正后方。在他还是个孩子的时候，也许很多次坐在这张椅子上凝视着慢慢转动的烤肉叉，心中满怀着顽童的渴望；或者在傍晚

---

[1] 沃尔特·雷利爵士（Sir Walter Raleigh，1552—1618），英国诗人，伊丽莎白女王的大臣，以嗜好吸烟著称。

[2] 在莎士比亚的悲剧《罗密欧和朱丽叶》中，罗密欧和朱丽叶相爱却又因家族世仇而不能结合，劳伦斯神甫设计让朱丽叶服药佯死，再由罗密欧救她出逃，但罗密欧误以为朱丽叶已死，到墓地朱丽叶身边服毒自尽，朱丽叶醒来后也以罗密欧的匕首自杀，劳伦斯神甫赶来后发现了这场悲剧。

[3] 据说是从耶稣受刑的十字架上取下的木片，被视为圣物。

时分坐在这张椅子上，听斯特拉福德镇上的老朋友们闲聊，讲述英格兰动乱年代的教堂墓地故事和传闻逸事。在这把椅子上坐一坐，是前来参现这所房屋的每位游客的惯例。至于这样做是否是希望汲取那位诗人的一点灵感，我真不知道该怎么说才好，我只不过提到这个事实而已。而我的旅店女主人私下向我保证，尽管这把椅子是用结实的橡木做的，但崇拜者们是如此狂热，每三年至少要给椅子换一次新底板。说到这把非同凡响的椅子的历史，还有一点也值得注意：它似乎具有洛雷托圣屋[1]或阿拉伯术士的飞椅那种会飞翔的特性。因为尽管好几年前它被卖给了一位北方的公主，可是说来奇怪，它居然会自己重新回到这烟囱角落的老地方来。

我历来很容易相信这一类事情，而且很乐意受欺骗，只要这种欺骗令人愉快，又不用付出代价。因此，对于诸如遗物、传说和本地有关鬼怪巨人的逸闻，我都轻易就信以为真；我也劝告以自己的满足为目的的旅游者们都这样做。只要我们能让自己相信这些故事，能享受到这种真实性的一切魅力，那它们是真是假对我们来说又有什么关系呢？再没有什么能比以轻松幽默的心态来坚信这些事情更有意思了。这一次，甚至我的旅店女主人声称自己是诗人的嫡裔，我也乐意相信；不过，幸而她递给我一本她亲笔撰写的剧本，使我对她与诗人同一血缘的信念受到了质疑。

从莎士比亚的出生地再走几步，就来到他的陵墓。他被安

---

[1] 洛雷托圣屋（santa cosa of Loretto），洛雷托是意大利安科纳城南的一个小镇，该处有传说中神奇的"圣屋"。

葬在教区教堂的圣坛里，教堂是座宏大而古老的建筑，因年代久远而趋于倾颓，但装饰甚为富丽。它矗立在埃文河堤岸上一个绿树成荫的地点，邻近的花园把它和城郊分隔开来。其环境幽静而隐蔽：河水在教堂墓园的脚下潺潺流过，堤岸上的榆树低垂的树枝伸进清澈的河水里。一条欧椴树林荫道从墓园大门通往教堂门廊，枝干交叉，奇形怪状，在夏天形成一条树荫浓密的拱形通道。墓地上绿草如茵，灰色的墓碑已被苔藓覆盖一半，色泽与那座可敬的老教堂相近，而有些墓碑差不多要陷在地里了。小鸟在墙壁的檐口和缝隙里筑了巢，片刻不停地飞腾和啁啾着，白嘴鸦绕着教堂高耸的灰色尖顶翱翔并呱呱鸣叫。

在漫步途中，我遇到了那位头发灰白的教堂司事埃德蒙兹，陪着他回家去取教堂的钥匙。他在斯特拉福德长大成人，在此已经生活了八十年，自认为还身强力壮，只有一点微不足道的例外，那就是近几年两条腿几乎不管用了。他的住所是一所小屋，俯瞰着埃文河和河边的草地，洁净、整齐、舒适，一幅英国随处可见的朴素住宅的图景。一个粉刷得雪白的低矮房间，铺着细心擦拭过的石板地面，兼做起居室、厨房和客厅。食具柜里一排排锡罐和陶碟闪闪发光。一张擦拭得很光亮的老橡木桌上放着家庭《圣经》和祈祷书，抽屉里放着家里的全部藏书，也就是六七本翻读得破烂了的书。一只古老的钟算是家里最贵重的家具了，正在房间的另一端嘀嗒作响。钟的一边挂着一只锃亮的暖床用的长柄炭炉，另一边挂着老人的一根角柄拐杖。壁炉前像通常所见的那样又深又宽，侧壁周围足可坐下一群人聊天。老人的孙女坐在一个角落里做着缝补活儿，那是一个长着蓝眼睛的漂亮姑娘。对面角落里坐着一个年迈的老朋友，老人称呼他约翰·安吉，我了解到他们从童年起就是伙伴了。他们幼年时代一起玩耍，成年后一起工作，如今一道蹒跚散步，在闲聊中打发暮年时光。要不了多久，他们或许会被一起安葬在附近的教堂墓地里。两条生命的溪流这样平静安详地相伴并流，并不常见，只有在人生中心气平和，才能呈现这样的情景。

我本想从这两位古老的编年史家那里搜集一点诗人的逸事，但他们并无新鲜东西奉告。有很长一段时期莎士比亚的著作曾相对被忽视，这使他的身世笼罩着阴影；他的生平事迹留存无几，传记作者们只能做出零星臆测，不知道这到底是他的幸运还是不幸。

在筹备斯特拉福德著名的庆祝活动时，这位教堂司事和他的同伴曾被雇做木匠，所以他们还记得庆祝活动的主要发起人、监管一切事务的伽里克。据司事说，伽里克是个"矮胖子，活力十足，忙忙碌碌"。约翰·安吉也曾在砍伐莎士比亚的桑树时帮过忙，他口袋里就装着一小块桑木准备出售，它毫无疑问有激发文思的特效。

这两位可敬人士以怀疑的口气谈起引人参观莎士比亚故居的那位喋喋不休的女士，我听到后感到很难受。当我提到她搜集的珍贵遗物，特别是那些桑木时，约翰·安吉直摇头，而老司事甚至对莎士比亚是否在她那边的房子里出生都表示怀疑。我很快发现，他是用恶意的眼光看她那所房子的，把它看成是诗人之墓的竞争对手，相比之下，莎士比亚墓的游客要少得多。的确如此，史家们从一开始就产生了分歧，甚至在源头丢几颗石子就会使真理的溪水流入不同的渠道。

我们走过欧椴树林荫道来到教堂前，从一个哥特式门廊进入教堂，门廊装饰富丽，有两道厚重的雕花橡木门。教堂内部十分宽敞，建筑和装饰比大多数其他乡村教堂更考究。有几件贵族士绅的古老纪念品，其中一些纪念品上方还悬挂了葬礼用的纹章盾徽，墙上零落地垂吊着几面旗帜。莎士比亚的墓在圣坛上，这个地方显得既庄严又阴森。高大的榆树在尖顶窗前摇曳，埃文河在离墙不远处流淌，不停地传出轻轻的潺潺声。一块扁平的石板标志出诗人的安葬处。石板上刻了四行字，据说是诗人自己撰写的，颇有令人悚然畏惧的意味。假如这确实是他本人所写，那就表现了诗人关切墓中安宁的心情，对于极为敏感、深思远虑的人来说，倒也是很自然的。

> 好朋友，看在耶稣分上，请不要
> 挖掘这儿掩埋遗骸的土丘。
> 赐福给爱惜这些墓石的人，
> 移动我遗骸的人将受诅咒。

就在墓穴上方，墙壁上有一处壁龛，里面是莎士比亚的一座半身雕像，是在他逝世后不久竖立的，人们认为雕像很是逼真。优美的拱形前额，面容愉快而安详，我觉得从他的面容可以明显看出那种快乐、随和的性情，这种性情和他巨大的天才一样，在同时代人中都是独具特征的。铭文提到他去世的年纪——五十三岁，对世界来说逝世未免太早：这伟大心灵正处于人生金色的秋季，避开了人世的风暴沧桑，正在朝野激赏的阳光下繁盛茁壮，本该期望收获多少丰硕果实啊。

墓石上那段铭文并不是没有起过作用。有人一度想把他的遗骸从故乡移葬到威斯敏斯特教堂去，被它阻止了。几年前，在几个工人挖掘一个与坟墓相连接的地窖时，泥土塌陷，形成了一个状如拱顶的空洞，可以由此通到他的坟墓。可是，没有一个人敢于触碰一下这令人畏惧地被一段诅咒护卫着的遗体。为了防止闲人或好奇者以及搜集古董的人抵挡不住诱惑来盗墓，老司事在那个地方看守了两天，直到洞穴重新封好，地窖竣工。他告诉我，他曾斗胆在洞口往里面瞥了一眼，但既不见棺椁，也不见骸骨，除一抔黄土而外什么也没有。我想，有幸看到莎士比亚遗体所化的那抔黄土，也算不简单了。

诗人之墓的旁边是他的夫人、他的爱女霍尔夫人及其他亲属的墓。在紧挨着的一座墓上，立着莎士比亚的老友约翰·库姆的全身雕像，以纪念这个高利贷者，据说莎士比亚给他写过一段滑稽可笑的墓志铭。周围还有其他一些纪念遗迹，但人们对于与莎士比亚无关的任何东西都不屑一顾。这里处处弥漫着他的思想，整座教堂仿佛只是他一人的陵墓。人的情感在这里不再受到怀疑的阻挠和压抑，而是充满确信：诗人的其他遗迹也许是虚假的或可疑的，但这个地方却是可触可感、绝对可靠的。当我踩着发出响声的铺石地面时，想到莎士比亚的遗体确实无疑地就在自己脚下朽腐，心里就不禁有几分紧张和激动。我在此流连良久，最后不得不依依不舍地离去。在穿过教堂墓地的时候，我从一丛紫杉树上折下一根枝条，这是我从斯特拉福德带回的唯一纪念物。

我现在已经看过了一个朝圣者通常热衷的东西，但我一直渴望去看看位于查尔科特的古老的路西家族邸宅，想漫步穿过那个苑囿，在那里莎士比亚伙同斯特拉福德一些浪荡子犯下了他年轻时偷鹿的过错。据说他因为这次轻率举动而成了阶下囚，被带到看护人的屋子里凄惨地关押了一整夜。当他被带到托马斯·路西爵士面前时，一定受了痛苦和屈辱的对待，因为这件事在他心里铭刻得如此之深，以至写了一首粗暴的讽刺诗贴在查尔科特鹿苑的大门上。

对爵士的尊严进行的这一凶狠恶毒的攻击，使得爵士极其恼怒，于是他聘请了沃里克郡的一位律师，要对这个写诗的猎鹿者施以严刑峻法。莎士比亚不敢等着去跟本郡爵士和乡村律师的联合势力相对抗，他立即逃离舒适惬意的埃文河岸，抛弃祖业，漂泊到了伦敦。他先是成了依附剧院的食客，后来成为演员，最后写剧本。就这样，由于托马斯·路西爵士的迫害，斯特拉福德失去了一个无足轻重的梳羊毛工人，而世界则赢得了一位不朽的诗人。不过他对查尔科特勋爵的粗暴处置仍长期耿耿于怀，并在自己的著作中予以报复，但源于其温厚心胸而仅形诸游戏笔墨而已。据说托马斯爵士就是夏禄法官[1]的原型；法官的家族徽章和那位爵士的一样，在四个方格里都有白梭子鱼，借此把讽刺的锋芒巧妙地指向了爵士。

莎士比亚的传记作者用了各种办法为他年轻时的越轨行为掩饰和辩解；不过我认为，就他的处境和性情而言，有这么一件欠考虑的行径倒也是很自然的。莎士比亚年轻时无疑具有一个热情奔放、放荡不羁、缺乏管教的天才所应有的一切狂放与

---

[1]　莎士比亚《亨利四世》《温莎的风流娘儿们》中的一个乡绅和乡村法官。

无视常规的性格。诗人的气质中自然杂有些许的流氓气，如果任其发展，会变得放荡粗野，以一切乖张放肆的行为为乐事。一位天生奇才最后是变成一个大流氓抑或是大诗人，在命运的随心所欲的赌博中，常常是由一粒色子的翻动来决定的。倘不是莎士比亚的心灵幸而酷爱文学，他完全可能像打破一切戏剧规则那样大胆逾越一切法律。

我深信不疑：当他早年像一匹未经驯服的马驹一样在斯特拉福德附近乱跑时，人们总会看见他同各色不守规矩的家伙成群结队，同当地所有的莽撞之徒相互勾结，而他本人就是那些倒霉顽童之一。老人们一提起这伙人就摇头，预言他们总有一天要上绞架。对他来说，在托马斯·路西爵士的鹿苑里偷猎无疑就像对一位苏格兰爵士打劫，有点儿像某种快活的冒险，颇能激起他的热切渴望和未驯服的想象。

查尔科特那座古老邸宅以及周围的园林仍然是路西家族的产业，因为诗人稀缺的生平事迹中那件奇特而重大的事件跟这里有联系，因此特别引起人们的兴趣。这处邸宅距斯特拉福德镇不过三英里多一点，我决定徒步前往一游，这样可以悠闲漫步穿越一些场景，莎士比亚最早关于乡村景物的观念一定来源于这些地方。

乡间仍然是一片光秃秃的，看不到树叶；但英国的景色总是一片青翠，气温的突然变化使万物复苏的效果真令人惊奇。目睹春意最早的萌动，感受到春季温暖的气息沁人感官，看见湿润肥沃的土地里开始萌发出绿芽和嫩叶，树林和灌木丛又重新泛出嫩绿、绽开蓓蕾，预示着即将再现花繁叶茂的景象，这一切都令人精神振奋、活力勃发。冷艳的雪花莲是残冬最后的娇小植物，在茅舍前的小花园里或许能看见它开放出纯洁的白花。初生羊羔的咩咩叫声隐约地从田野里传来。麻雀在茅舍屋檐下和新芽萌发的篱笆周围喳喳鸣叫，知更鸟在它最后的暴躁的冬曲中添加进了更活泼的音调；云雀从水汽弥漫的草地深处飞腾而起，高高窜近如白羊毛般的明亮云朵中，倾泻出激流似的一连串乐曲。我凝视着这个小歌手越飞越高，直到在白云深处变成一个小黑点，而它的歌声却仍然充盈于我的耳中，这不禁让我想起了莎士比亚的《辛白林》中的一首精美的小曲：

听！听！云雀在天堂门前歌唱，

太阳神开始起身，

在泉边饮他的骏马，

花丛如酒盏，泉水响淙淙。

还有那金兔花眨着眼，

睁开它们金色的瞳睛；

美丽的万物都已苏醒，

我可爱的女郎，醒醒，醒醒！[1]

这附近整个乡间确实是充满诗意的地方，每件事物都使人联想到莎士比亚。见到每一所旧茅舍，我都想象成是他幼年常去之处，他在那儿获得了对乡村生活风习的体悟见识，听到了许多传说故事和荒诞神奇事物，然后像变魔法似的把它们编织进他的戏剧中。据说在他那个时代，冬季傍晚流行的消遣就

---

[1] 《辛白林》第二幕第三场。

是"围炉而坐，讲述快乐的故事，主角都是些游侠、女王、情人、君主、贵妇、巨人、侏儒、盗贼、骗子、女巫、仙女、恶鬼以及修士之类"。

我漫步的路途中有的地方可以看见埃文河，它蜿蜒曲折地流过一片广阔而肥沃的河谷，呈现出千姿百态：河水时而在绵延岸边的柳树间闪闪发光，时而隐没在树丛中或绿荫堤下；时而舒缓地伸展开整个河面，把一面青草坡拥入蔚蓝色的环抱中。这一带美丽的乡村被称为"红马谷"。远处一线起伏的蓝色小山仿佛是它的边界，而所有其间交织着的种种柔美景物，仿佛是被埃文河的银色锁链串接起来一样。

沿路走了大约三英里之后，我折入田野边沿上一条树篱荫蔽的步行道，一直通往一座私人园林的大门口。不过树篱两边也有一处为方便行人跨越的阶梯，让公众也有权穿越这片土地。我很高兴这种私人庄园能慷慨开放，使人人都能在某种程度上分享财产，至少就这条小路而言是如此。像这样把园林和娱乐场地开放给他人享用，在某种程度上能使贫者乐天知命，更能使他对富邻的好运保持坦然心态。他可以像这片土地的主人一样自由呼吸新鲜空气，一样舒适地在树荫下闲逛；就算他无权把眼前的一切称为自己的财产，但他也无须操心去为它付出代价和收拾料理。

我发觉自己走上了一条两边栽有橡树和榆树的宏伟林荫道，树木的巨大体量说明它们已经长了几百年。风在树丫间发出肃穆的声响，白嘴鸦在世袭的树梢老巢里呱呱鸣叫。远眺长长的林荫道由宽变窄，视线了无阻隔，只看见远处有一尊塑像，还有一只游荡的鹿像影子一样在空隙处潜行而过。

这条宏伟高贵的古老林荫道带有一点哥特式情调，不仅仅是在形式上有些貌似，还因为它们都显然经历过漫长的岁月，其起源也属于同一时代，那个时代使我们联想到浪漫主义的豪华富丽风格。它们也是一个古老家族长期确立的尊严和傲然独立的表征。我听过一位可敬的贵族老朋友谈起现代士绅人家的豪华邸宅，他说："金钱可以买许多石头、膏泥，可是，感谢上帝，要在片刻之间建起一条橡树林荫道却是绝无可能的。"

　　据有些莎士比亚评论家推测，正是源于诗人早年曾在这片丰美景物中漫游，在相邻的富尔布罗克园林——当时是路西庄园的一部分——那充满浪漫气氛的幽僻环境中徜徉，他才在《皆大欢喜》中写出了杰奎斯[1]高贵的森林沉思，描绘出那幅迷人的林中图景。只有独自在这些景物中流连，思想才能饮到深刻而宁静的灵感之酒，才能对大自然的美丽庄严具有强烈的敏锐感。想象被点燃，变为梦幻与狂喜，朦胧而又精美的意象和观念不断涌上心头，于是我们便迷醉在静默与几乎不可言说的恣意联想之中。就在这种心境中，也许就在我跟前这些将宽阔树荫投射到埃文河青草堤岸和激滟波光上的树木中的某一棵下，诗人的想象迸发为一支小曲，它唱出了一位乡村酒色之徒的心声：

　　　　在那绿荫树下，
　　　　谁爱在我身边入眠，

---

　　[1]　《皆大欢喜》中追随被放逐的公爵到亚登森林里流亡的忠臣，具有忧郁的性格。

调调他快活的嗓音，

去应和甜美的鸟鸣，

来吧，来吧，来吧。

这儿看不到，

任何仇敌，

只担忧严冬风雪。[1]

现在我遥遥看见了那座邸宅。那是一所砖砌的大厦，有石头隅角，建于伊丽莎白女王即位的第一年，具有她那个时代的哥特式风格。它的外观几乎保持着原来的状态，大概被人们视为当时一位富裕乡绅住宅的绝好的样本。从园林的大门可以通往邸宅前面一个类似庭院的地方，庭院里点缀着草坪、灌木丛和花圃。大门模仿古代碉楼式样，类似一座前哨岗楼，两侧建有塔楼，不过显然只是为了装饰而并非用做防御。房子的正面完全是旧式格调，都是石柱窗扉，还有一个用厚重石料制成的巨大弧形窗户，门廊上方刻着家族盾徽。大厦的四角各建有一个八角形塔，顶上有镀金圆球和风向标。

从园林中蜿蜒穿越的埃文河，在大厦后面缓缓倾斜的一面堤岸脚下拐了一个弯。河岸边有一大群鹿，有的在吃草，有的在歇息；天鹅在河面上威仪赫赫地游动。我凝视着这所令人肃然起敬的古老大厦，不禁想起了福斯塔夫对夏禄法官住宅的赞美，以及后者故作冷淡而实则充满虚荣的情景：

---

[1]　《皆大欢喜》第二幕第五场。

福斯塔夫：您有一所好富丽堂皇的住宅啊。

夏禄：寒碜之至，寒碜之至，寒碜之至；我们都是穷人，我们都是穷人，约翰爵士——啊，多好的空气！[1]

　　无论这座古老邸宅在莎士比亚时代是如何充满欢乐，它现在却笼罩着一派寂静冷落的气氛。通向庭院的大铁门紧锁着，丝毫没有仆人们忙碌进出的迹象。鹿群在我走过它们身边时都静静地望着我，因为不会再受到斯特拉福德的盗贼们的劫掠。我所见到的唯一的家居生活迹象是一只白猫，它带着小心谨慎的神情用偷偷摸摸的步子朝马厩溜过去，仿佛在做什么坏事一样。我不能略而不提自己看到的那些挂在谷仓墙上的无赖乌鸦的尸体，因为这表明路西家族的后人仍然继承了主人对偷猎者的贵族式的憎恶，仍然在严厉地执行着在诗人那件案例中强烈表现出来的领地权。

　　在附近徘徊一阵之后，我终于寻路来到日常进出这所大厦的侧门。我受到一位可敬的老年女管家的殷勤接待，她保持着与她的身份相称的礼貌和健谈，带着我参观邸宅的内部。室内大部分地方都有所改变，按照现代趣味和生活方式改建过，有一道精美的古老橡木楼梯。作为古老庄园宅第的高贵特征的大厅，仍然大体保存着应该是莎士比亚时代的面貌。天花板呈拱形，也很高；大厅一端的尽头是一带走廊，里面放着一部风琴。以前乡村绅士通常用游猎时的猎具和猎物来装饰客厅，现

----

[1] 《亨利四世》（下）第五幕第三场。

在则代之以家人的肖像了。还有一个舒适宜人的宽敞壁炉，其设计适合按古老方式用木柴燃起熊熊大火，是过去在冬季节庆时欢乐聚会的地方。在大厅的另一端，一扇巨大的带石柱的哥特式弧形窗俯瞰着庭院。彩色玻璃上装饰着许多代路西家族的盾徽，有的还标记着1558年的日期。我很高兴地注意到盾徽的四方格里有三条白梭子鱼，最初就是据此认定夏禄法官的原型就是托马斯爵士。《温莎的风流娘儿们》第一场里就影射到他们，在剧中法官对福斯塔夫大发雷霆，因为他"打了他的用人，杀了他的鹿，闯进了他的屋子"。当时诗人心里无疑感觉到自己和同伴所受的伤害。我们可以设想，权势逼人的夏禄的家族自傲和他的报复威胁，就是针对托马斯爵士骄横气焰的一幅讽刺画。

夏禄：休牧师，别劝我，我一定要告到御前法庭去。就算他是二十个约翰·福斯塔夫爵士，也不能欺辱罗伯特·夏禄老爷。

斯兰德：夏禄老爷是葛罗斯特郡的治安法官，还是个"探子"呢。

夏禄：对了，斯兰德侄儿，我还是个"推事"呢。

斯兰德：对了，还是个"瘫子"哩，他生来就是一位绅士，牧师先生；他签起名来总要加上"大人"二字，不管是账单、凭证、收据、契约，都要写上"大人"。

夏禄：对了，我是这样写的，这三百年来我一直都这样写。

斯兰德：他的子孙在他以前就这样写了，他的祖宗在他以后也可以这样写。他们家那件绣了十二条白梭子鱼的外套可以证明……

夏禄：我要把这件事告到枢密院去，这简直是暴动。

埃文斯：不要把暴动的事告到枢密院去，暴动是不敬上帝的行为。枢密院希望听到人民个个敬畏上帝，不想听见暴动。这件事还是考虑考虑吧。

夏禄：嘿！他妈的，要是我还年轻，一剑就把事情解决了！[1]

在靠近那扇装饰了盾徽的窗户旁边，悬挂着彼特·莱利爵士[2]所画的路西家族一位女性成员的肖像，她是查理二世时代的一位绝色美人，不过年老的女管家指着这幅画像时直摇头。她告诉我，这位夫人不幸嗜赌成癖，输掉了家族的大部分产业，其中就包括莎士比亚及其同伙杀鹿的那个苑囿。直到现在家族还没有赎回输掉的全部地产。不过，说句公道话，这位叛逆夫人倒是长着非常纤美的手和臂膀。

最引起我注意的是挂在壁炉上方的一幅大画像，画的是在莎士比亚晚年时期住在这座邸宅里的托马斯·路西爵士及其家人的肖像。我起初以为画中就是那位生性褊狭的爵士本人，但

---

[1] 《温莎的风流娘儿们》第一幕第一场。

[2] 彼特·莱利爵士（Sir Peter Lely, 1618—1680），荷兰画家，1642年旅居英国并成为著名宫廷肖像画家。

女管家却向我证实那是他的儿子。她说，爵士本人现在仅存附近查尔科特乡村教堂里他墓上的一尊塑像了。这幅画生动地显示了当时的服饰和风习。托马斯爵士穿戴着绉领和紧身上衣，白鞋子上点缀着玫瑰花；他还长着黄色尖形胡子，或者如斯兰德少爷[1]所说的"甘蔗色的胡须"。他的夫人在画中坐在与他相对的另一边，戴着宽绉领，穿一件长长的胸衣，孩子们的服装也拘谨呆板，端庄如仪。猎犬和长毛小狗混杂在家人之中。前景里有一只鹰蹲坐在栖木上，一个孩子手持一张弓——全都显示着骑士的狩猎、架鹰、射箭之类的技艺——当时要做一个多才多艺的绅士，这些都是必不可少的。

我遗憾地发现大厅里的古老家具已经不见了，而我本来希望看到橡木雕刻的高贵的扶手椅，从前乡绅通常就坐在这种椅子上对其乡村领地居民作威作福的；也可以想象，当叛逆的莎士比亚被带上来的时候，令人畏惧的托马斯爵士就威风凛凛地坐在这王座上。因为我喜爱想象出各种图景以自娱，所以乐于认为那位不幸的诗人在看护人屋子里被拘禁了一夜之后，次日早晨就是在这个大厅里受审。我心中想象着这位乡村君主身边簇拥着管家、侍从和穿蓝上衣、佩戴徽章的仆役；而那位倒霉的罪犯被带进来，一副可怜巴巴、垂头丧气的样子，由猎场看守人、猎手和赶猎犬的人押解着，后面还跟着一大群乡下的乌合之众。我想象着好奇的女仆们脸上容光焕发，透过虚掩的门往里窥视；而在走廊里，爵士的漂亮女儿们姿态优雅地俯身向前，怀着"女性特有的"怜悯打量着那个年轻囚犯。——谁

---

[1] 斯兰德是夏禄的侄儿。

能想到，这个可怜的小无赖，此时还在乡绅的一时威势和粗鲁村民的戏谑之下颤抖，不久就会深受王公贵胄们喜爱，成为所有时代所有人的话题和人类心灵的主宰，并凭借讽刺诗文使压迫他的人遗臭万年！

管家邀请我到庭院里去散步，而我也想参观一下那里的果园和凉亭，夏禄法官就在那里用"去年亲手嫁接的苹果，再加一碟香菜之类的东西"[1]来款待约翰·福斯塔夫爵士和赛伦斯表弟的。不过，我当天在漫游上已经耗费了太多时间，只好放弃了进一步的考察。在我即将离别时，男女管家殷勤地请我用一些点心，这让我很是感激：这是优秀的古老好客风俗的一个例证，我要很遗憾地说，今天我们这些喜爱寻访古迹的人已经很少遇见了。毫无疑问，这是路西家族现今的代表从祖先那里继承来的美德，因为莎士比亚即使在嘲讽时也把夏禄法官的好客精神写得极其热情恳切，例如他对福斯塔夫执拗纠缠的请求：

> 凭着鸡肉和面饼起誓，爵士，今晚您一定不能走。……我不能原谅您；您不能得到我的原谅；什么原谅的话我都不要听；一切原谅的话都没用；您不能得到我的原谅。……台维，来几只鸽子、一对矮脚母鸡、一大块羊肉，再来几样无论什么可口的小菜，去告诉厨子威廉。[2]

现在我依依不舍地向那古老的大厅道别了，但我的心已

---

[1] 《亨利四世》（下）第五幕第三场。
[2] 《亨利四世》（下）第五幕第一场。

经完全被有关此地的情景与人物的想象所占据，仿佛觉得自己就真正生活在其中。所有的情景人物都栩栩如生地在我眼前出现，当饭厅的门打开时，我几乎预期会听到赛伦斯先生用微弱的颤音唱出他所喜爱的小曲：

> 齐聚厅堂多快乐，摇头晃脑须眉扬，
> 欢迎啊，忏悔节里真欢畅！

在返回旅店的路上，我不由得思考着诗人的奇异天赋。他能这样把自己思想的魔力遍布于大自然的面容之上，能给各种事物、各个场景赋予其本不具有的魅力与性格，能把这个"忙碌劳累的世界"转变成完美的仙境。他的确是一位真正的魔法师，其魔力不是作用于人的意识，而是作用于人的想象力和心灵。正是在莎士比亚的魔法影响下，我完全在幻觉中漫游了一整天。透过诗的三棱镜，我纵览了此间的景色——这三棱镜把每件事物都染上了彩虹的缤纷色彩。我一直被想象中的事物所环绕，它们不过是诗的魔力所唤起的虚无缥缈之物，然而对我来说却具有真实性的一切魅力。我好像听到了杰奎斯在橡树下的独白，仿佛看到了美丽的罗瑟琳和她的同伴在森林中冒险[1]。特别是，我在精神上又一次和胖子杰克·福斯塔夫以及他的同时代人在一起，从威严的夏禄法官到温柔的斯兰德少爷和可爱

---

[1] 《皆大欢喜》中，公爵被弟弟篡位后，其女罗瑟琳和堂妹西莉娅、投奔公爵的大臣之子奥兰多等人到亚登森林中流亡，发生了一系列奇遇。

的安·培琪[1]。万千的荣耀和祝福归于这位诗人，他用纯洁无瑕的幻想给暗淡平庸的生活现实镀上了金光，他在我沧桑变幻的人生道路上展现了不可求取的强烈欢乐；在许多孤寂的时光里，他以社会生活的诚挚而欢乐的同情心慰藉了我的心灵！

归途中走过埃文河上那道桥的时候，我停步凝视远方那座安葬着诗人的教堂，不能不为那首诅咒诗感到欣喜，就是它使诗人的骸骨在宁静而神圣的墓穴里免受侵扰。同拥有煊赫头衔的许多人的碑铭、盾徽以及用金钱买来的颂辞一起混杂于尘埃中，能给他的名字带来什么荣耀呢？有这座令人敬仰的建筑作为他单独的陵墓，在其孤独之美中昂然矗立，比较之下，威斯敏斯特教堂那拥挤的一角又算得了什么！对于坟墓的焦虑或许只是一种过度敏感的产物，可是人类天性本来就由怪癖和偏见构成，即使最温柔美好的感情中也会混杂着这些不自然的情绪。曾经在世间追逐名声并收获了全世界热爱的诗人毕竟最后会发现，对于心灵而言，没有一种爱、崇拜和欢呼能有从自己故乡涌出的敬爱那样甜蜜。他正是在故乡、在他的亲人和早年朋友当中，去寻求安宁而荣耀的归宿。当身心的疲乏开始警示他人生暮年正渐渐降临之时，他就像婴孩般深情地投向母亲的怀抱，回到童年生活环境的怀抱中去长眠。

当年满怀屈辱的年轻诗人向吉凶未卜的世界中去漂泊时，他回过头来对自己的家乡投以沉重的一瞥。假如他已经预见到不用多久就会载誉而归，他的名字会成为故乡的骄傲和荣耀，

---

[1] 《温莎的风流娘儿们》中，夏禄的侄儿斯兰德追求乡绅之女安·培琪。

他的遗骸会作为最珍贵的宝藏受到虔诚的保护，他的泪眼所凝视的那座渐渐变小的教堂尖顶，有朝一日会成为矗立在秀美景色中的一座灯塔，指引各国文学朝圣者来拜谒他的陵墓，那么，他会多么精神振奋啊！

鬼新郎

——一个旅行家的故事

本来为他备上晚宴，

今夜他的尸体冰凉！

昨天我领他进卧房，

今晚钢刀给他铺床。

　　——艾格尔爵士、格拉汉爵士、格雷-斯提尔爵士

　　在上德意志省有一片叫作奥登瓦尔德的高地，那是个荒野而富有浪漫气息的地带，距梅因河与莱茵河汇合处不远。在其中的一座高峰顶上，从好多好多年起，就矗立着封·兰德肖尔特男爵的城堡。它现在已经颓败不堪，几乎完全淹没在山毛榉和黑黝黝的枞树林里了。不过，现在大概仍然可以看见它那座古老的瞭望塔，就像我刚才提到的城堡的原主人一样，挣扎着把头抬得高高的，傲视着这附近一带。

　　这位男爵属于卡铮讷棱包根大家族人丁稀少的一个支系，他继承了祖上遗留的残存的古堡，也继承了祖先的全部骄傲气质。虽然先辈好战的脾性已经大大损耗了家族产业，男爵却仍然竭力维持着当年的排场。这时候天下太平，德国贵族一般都抛弃了他们像鹰巢一样高踞于群山中的那些居留不便的古堡，

而在山谷里建造起比较方便的住宅。然而这位男爵却依旧骄傲地固守着他小小的堡垒，以祖上遗传的顽固天性牢记着一切古老的家族世仇。他和离他最近的几户邻居关系很恶劣，就是缘于他们在高祖父那一辈有过争端。

男爵只有一个孩子，是一个女儿。但大自然在只赐给人独生子女的时候，总是会同时给予其奇异禀赋作为补偿，男爵的女儿的情况正是如此。所有的保姆、爱说闲话的人、当地的乡下佬，都向她父亲保证，说她的美貌在全德国都没人能比得上。的确，谁能比他们了解得更清楚呢？再说，她是在两位没有出嫁的姑妈的精心监护之下长大的，而这两位姑妈早年曾在德国一个小宫廷里生活过几年，精通大家闺秀的教育所必需的各门知识。在她们的教诲下，她简直成了一朵多才多艺的奇葩。在她十八岁的时候，刺绣手艺就令人赞叹，在帷幕上绣出了全套的圣徒事迹，人物的面部表情是如此有力，看上去就像炼狱里的许多幽灵一样。她阅读起来也没有多大困难，靠自己拼读看完了好几种教会传说，以及《传奇英雄传》里几乎所有骑士的奇功伟绩。她甚至在书写方面也相当熟练，能够一个字母也不漏地签写自己的名字，而且写得如此清晰可辨，她的两位姑妈不戴眼镜也能认出来。她擅长制作各种各样没有实际用途的、符合小姐身份的雅致的小玩意儿，精通当时流行的最奥妙的舞蹈，能用竖琴和吉他弹奏许多曲子，还能背诵游吟诗人的所有柔情歌谣。

而她的两位姑妈，既然在年轻的时候都是打情卖俏的能手，作为侄女行为的警醒的保护人和严格的监督者，当然也是极其称职的，因为绝没有一位女先生会像一个年老色衰的卖俏女人那样一丝不苟和恪守规矩。她很少有脱离她们视线的时候，她从来没有走出城堡的范围以外，除非是被照看得很周到，或者说是被监视得很严密。她一直就不断地接受教诲，要严守礼节和绝对服从。至于说到男人——呸！姑妈们告诉她，跟他们要保持很远的距离，对他们要绝不信任，除非获得正规的许可，即使是世界上最英俊的骑士，她也不能瞟他一眼——不，就算是他正在她脚下死去也不行。

这套制度的良好效果是显而易见的。这位年轻小姐简直成了温顺端庄、毫无瑕疵的典范。虽然别的姑娘都在浮华世界中耗费自己的如花年华，轻易就被人采摘下来又随意扔掉，她却在那些纯洁无瑕的老处女的保护之下，羞答答地长成了一个鲜艳可爱的花季少女，就像一朵玫瑰花蕾在保护它的那些棘刺丛中含苞欲放。她的姑妈们满怀骄傲、扬扬得意地望着她，夸耀说尽管世界上所有其他姑娘都可能走上邪路，然而谢天谢地，这样的事绝不可能发生在卡铮讷棱包根家族的这位嗣女身上。

不过，不管封·兰德肖尔特男爵的子息多么稀少，他的家绝对不是一个小家庭，因为上天给他添了一大堆穷亲戚。他们全都有穷亲戚们通常具有的那种重感情的脾性，对男爵都是情意绵绵，只要一有机会就会蜂拥而至，给城堡增添生气。这些好心人每逢家族的节庆日都要前来纪念，让男爵破费。当他们肚子里塞满了美味佳肴的时候，大家就会宣称世界上从来没有什么事能像这些家族聚会、这些由衷的欢庆这么快乐的了。

男爵虽然身材矮小，却有很大的灵魂；一想到自己是周围这片小天地里最伟大的人物，他的灵魂就会踌躇满志地膨胀起来。古堡的墙上有些黑黝黝的古代武士画像狰狞地俯视着周围，他很喜欢讲关于他们的长篇故事，发现没有别的任何听众能赶得上那些靠他供应吃喝的食客。他对奇异故事极为入迷，是所有超自然神奇传说的一位坚定信徒，而德国的每一处山岭和峡谷都有这类故事的丰富资源。他的客人们对这些事情甚至比他本人还更相信，他们听每一个奇异故事的时候总是瞪大眼睛、张大嘴巴，即使讲上一百次，他们也绝不会听了不觉得惊讶。封·兰德肖尔特男爵就这样过日子：他是他自己饭桌上的神谕宣示者，他的小小疆域内的绝对君主，而他最觉得幸福的则是相信自己是当代最有智慧的人。

在我的这个故事开始的时候，城堡里聚集了一大批本家族的人，因为有一件极其重要的大事——要迎接已经和男爵的女儿定了亲的那位新郎。做父亲的已经同巴伐利亚的一位老贵族订下了协议，要通过他们子女的婚姻把两个尊贵家族联合起来。初步手续已经按照应有的礼节进行过了。两位年轻人彼此还没见过面就订了婚，结婚的日期也已经定下来了。为了婚事，年轻的封·阿尔腾白格伯爵已经从军队里被叫了回来，这时候正在途中，赶往男爵府上来迎娶他的新娘。这边已经收到他从沃尔兹堡送来的信，信里说他意外地被耽搁了，并且提到可以预期在哪一天哪个时刻到达。

为了以应有的礼节迎接新郎，城堡里正陷入一片喧哗忙乱的准备之中。漂亮的新娘已经被特别仔细地打扮起来。两位姑妈监督着她的梳妆事宜，为了她所穿戴的每一件东西争吵了整整一个早晨。这位年轻小姐便利用她们相互争执的机会，按照自己的心意打扮起来，幸运的是居然打扮得很好。她看上去恰好就像一个年轻新郎所能渴望的那么可爱，期盼的焦急心情更增加了她的妩媚光彩。

她的脸和脖子罩上了一片红晕，她的胸膛轻轻地起伏着，她的双眸时不时地显露出梦幻般的目光，这一切都泄露了她小小的心中正发生着轻柔的骚动。姑妈们一直围在她周围转，因为没出嫁的姑妈在这种事情上往往都怀有巨大的兴趣。她们给了她一大堆老成持重的教诲，教她应该如何举止，说什么话，应该用怎样的态度接待期盼中的新郎。

男爵也一样忙碌于做准备。实际上，根本没有什么事情真正要他去做，但他天生就是个脾气火暴、做事忙乱的矮子，在全部人马都忙成一团的时候，他可不能袖手旁观。他带着一副万分焦急的神态，把城堡上上下下搅扰了一番。他不停地叫仆人放下手里的活儿过来，教训他们手脚要勤快；他在每间大厅和每个房间里嗡嗡叫，就像暖和的夏日里一只绿头大苍蝇那样无所事事地到处骚扰、惹人讨厌。

与此同时，养肥了的小牛犊宰好了；森林里充满了猎人喧嚷的叫喊声，厨房里堆满了各种美味佳肴；从地窖里源源不断地搬出如浩瀚海水般的莱茵酒和陈酒，甚至动用了海德尔堡大酒桶。一切准备都已就绪，只等按照真正的德国人的好客精神，热热闹闹地迎接尊贵的客人——可是客人却迟迟没有现身。一个钟头又一个钟头过去了。太阳原来是从顶上直照着茂密的奥登华尔德森林，现在只能贴着峰巅散发出微光了。男爵爬上最高的一座瞭望塔，望眼欲穿地向远方眺望，希望能看见伯爵和他的随从的身影。有一次，他觉得已经看到他们了：号角声从山谷里飘来，山壁的回音悠长不绝。他看到远远的山脚下有几个骑着马的人，正慢慢地沿着大路走过来；可就在他们快抵达山脚的时候，又突然转了方向。最后的一线阳光消失了——蝙蝠开始在暮色中飞来飞去——那条大路望上去越来越昏暗。除了不时有一个干完了农活疲倦地拖着脚步回家的庄稼人之外，再也看不到一点动静。

就在兰德肖尔特古堡里的人们处于茫然无措的状态时，奥登华尔德的另一处地方却出现了一个非常有趣的场景。

年轻的封·阿尔腾白格伯爵正在路上神情安详地骑着马缓缓前行，一个男子前去结婚就是这个样子。朋友们把求婚过程中诸种劳神费力、难于确定的事宜都替他打理好了，新娘子正等着他，到了目的地有一餐晚宴，两件事都同样的笃定无疑。他在经过沃尔兹堡的时候遇见一个披戴盔甲的少年伙伴，他们曾经一起在边疆服过役。他名叫赫尔曼·封·斯塔肯浮士德，是德国骑士中武艺最高强、心地最高尚的人之一，这时候正离开军队回家去。他父亲的城堡距离兰德肖尔特的古堡并不远，不过由于家族世仇，两家人一直相互敌视、形同路人。

两位青年朋友满怀热情地彼此相认，立刻讲起了自己经历过的种种冒险和幸运。伯爵谈起他就要同一位小姐举行婚礼了，而他还从来没见过她的面，不过人们对于她的娇媚可爱的描述，倒是令他喜不自持。

因为两位朋友的路线方向相同，他们一致同意结伴走剩下的那一段路；他们决定一早就从乌尔兹堡动身，这样可以走得从容一些，伯爵还吩咐他的随从稍后跟上来赶上他。

他们一路回忆着军队里的种种情景和冒险经历，以此来消除旅途的烦闷。不过伯爵有点儿叫人厌烦，总是时不时地说起他的新娘的娇美遐迩闻名，幸福在等着他。

就这样，他们进入了奥登华尔德的群山，走上山里一条最荒僻、树荫最浓密的小路。众所周知，德国的森林素来以强盗出没和城堡闹鬼而出名；而在这个时候，盗匪尤其多如牛毛，因为成群结队的散兵游勇就在这个地区游荡。所以说来也不奇怪，这两位骑士就在密林中受到这样的一伙掉队散兵的攻击。他们进行了英勇的抵抗，眼看就要给打败了，这时候伯爵的随从正好赶上来援助他们。强盗一看见他们就四散奔逃，不过伯爵先已受了致命伤。大家慢慢地、小心地把他送回沃尔兹堡城里，并从附近的修道院里叫来了一位修士，他因为既有本领拯救灵魂，又有本领医治肉体而著称于世。不过，他这两件本领中有一半已属多余，不幸的伯爵所剩的时日已经屈指可数了。

伯爵在临终时恳求他的朋友马上赶往兰德肖尔特堡，解释他未能对新娘守约是因为受到了致命伤。尽管他算不上是最热情的情郎，却是一个最讲究礼节的人，看来他热切挂虑的事情就是要迅速地、有礼貌地送达他的信息。"除非把这件事办到，"他说，"否则我即使睡在坟墓里也得不到安息！"他特别严肃地重复了最后这番话。在如此感人的时刻提出来的请求，自然不容许对方有任何迟疑。斯塔肯浮士德尽力劝他安心养伤，忠诚地许诺一定要实现他的愿望，并对他伸出手来庄严地发誓。垂危的伯爵紧握他的手表示感谢，但很快又陷入了神志不清中——他狂乱地谈着他的新娘——他的婚约——他的订婚誓言；他还吩咐给他备马，以便骑到兰德肖尔特堡去，随后他就在幻想着跨上马鞍的动作中断了气。

斯塔肯浮士德对他的伙伴夭折的厄运长叹了一口气，流下了一滴军人的眼泪，随即仔细考虑他所担负的那个难堪的使命。他心情沉重，脑子里一片混乱，因为他要到仇人家去做不速之客，还要用毁灭他们希望的噩耗去破坏他们的喜事。不过他心里又悄悄产生了一丝好奇，想要看看那位在严密监护下与世隔绝，却又远近闻名的卡铮讷棱包根家的美人，因为他是个对异性的热情崇拜者，而且他的性格中又有一种行事怪癖、勇于进取的冲动，使他爱好一切古怪的冒险行动。

在动身之前，他和修道院的修士们一起为他朋友的庄严葬礼做好了应有的一切安排，准备把他安葬在沃尔兹堡的大教堂里，靠近他的一些显赫的亲戚，并由为伯爵送葬的随从们来照料他的遗骸。

现在应该回头来说古老的卡铮讷棱包根家族的情况了，他们正为盼望他们的客人，更为等待他们的酒宴而心急火燎。我们也应当说说那位可敬的矮子男爵，先前我们说到他登上瞭望塔，然后就把他晾在那儿不管了。

夜幕降下来了，客人却依然没来，男爵绝望地走下瞭望塔。酒宴已经一个钟头接一个钟头地推迟，现在再也不能耽搁了。肉已经烧得过了火候；厨子焦急万分，全家上下就像一支因为饥饿而丧失了战斗力的守卫队。男爵只好无可奈何地吩咐，不等客人到场就先开酒宴。大家围着餐桌坐好，就在刚要开始吃喝的时候，突然听见大门外响起了号角声，通知有一位陌生客人到来。接着又是一阵长长的喇叭声，让古堡的庭院充满了它的回音，与此同时城墙上的卫兵也回应了一声。于是男爵急忙去迎接他未来的女婿。

吊桥已经放了下来，陌生客人也到了大门前。他是一位身材高挑、相貌英武的骑士，骑着一匹黑色骏马。他面容苍白，但长着一双光彩四溢、风流多情的眼睛，却又带着一种庄严的忧郁神情。男爵看见他会这样简简单单、独自一人到来，不免心中有些不快。他的自尊一时受到了挫伤，男爵有理由认为这是新郎对这一重大场合、对他即将与之缔结婚姻的高贵家族缺乏适当的尊敬。不过他又让自己冷静下来，觉得一定是年轻人太性急，才使他赶在自己的随从之前先期到达。

"我很抱歉，"陌生人说，"这样不合时宜地冒昧登门……"

刚说到这里，男爵就用一大堆恭维和问候打断了他。因为，说句实话，男爵对于自己的礼貌和谈吐很是自负。陌生人又有一两次试图打断他那滔滔如江河的话语，但都是徒劳，于是他鞠了一个躬，只好随它奔流不息。等到男爵讲到告一段落的时候，他们已经走进了城堡的内院。陌生人正预备讲话，却又因为女眷们领着脚步畏缩、满面羞红的新娘出现而被再次打断。有一会儿，他就像一个神志恍惚的人那样盯着她看，仿佛在这一眼凝视中，他的整个灵魂都放射出光彩，都停驻在那可爱的姑娘身上。一位老处女姑妈靠在她耳边悄悄说了点什么，她努力要开口说话。她那湿润的蓝眼睛畏怯地往上扬起，给陌生人送去一个害羞的询问的目光，接着又低下来望着地面。她要说的话在嘴边消失了，不过有一丝甜蜜的微笑在她的嘴唇上闪现，脸颊上也出现了一个浅浅的笑靥，这证明了她在匆匆一瞥之间并没有感到不满意。一个正值十八岁多情花季的姑娘，早已渴望着爱情和婚姻，对一位如此英武的骑士是不会不喜欢的。

客人这么晚才到来，没有时间谈论正事了。男爵素来独断专行，把所有特别要商谈的事都推迟到次日早晨，领着客人前往尚未品尝的酒宴。

酒宴安排在城堡的大厅里。四周的墙上悬挂着卡铮讷棱包根家族英雄们的面容严峻的肖像，还有他们从战场和猎场上斩获的战利品。被砍破的胸甲，断裂了的比武用的长矛，破碎的旗帜和森林里狩猎得到的猎获物混在一起，野狼的颌骨和野猪的獠牙在弩弓和战斧当中可怕地狞笑着，一对巨大的鹿角在年轻"新郎"的头顶上叉开它的枝丫。

这位骑士很少留意同桌的人或者主人的款待，他几乎尝也没尝那些酒菜，好像只是全神贯注地爱慕着他的新娘。他谈话的声音低得旁边的人完全不能偷听到——因为情话绝不会高声说出来的，可是，有哪个女人的耳朵会迟钝得连情人的呢喃细语都听不到呢？他的态度既温柔又严肃，似乎已经对年轻小姐产生了强有力的影响。当她十分留神地倾听时，红晕一时浮上脸庞一时又消失了。她也会时不时地羞涩地答上几句，当他的眼光转向别处时，她还会偷偷地斜瞟一眼他那英俊多情的面孔，满含幸福柔情地轻轻舒一口气。显然，这一对年轻情侣是完全地相互倾心了。两位深谙心灵秘密的姑妈断言他们彼此是一见钟情。

宴会欢快地进行着，或者至少可以说很热闹，因为上天给宾客们赐予了随干瘪的钱包和清新的山风而来的强烈食欲。男爵讲述了他最好和最长的故事，他从来没给大家讲得这么精彩，或者说产生过这么巨大的效果。只要他讲到任何奇事异物，他的听众就会惊奇得目瞪口呆；而当他讲到了什么滑稽的事情，他们一定会选择准确的时刻哈哈大笑。说实话，男爵就像大多数大人物那样，既然身份如此高贵，是轻易不讲笑话的，要讲也很乏味。不过，男爵的笑话总是有满杯的上等霍克海默酒相伴，即使是乏味的笑话，只要是在主人的餐桌上，再斟上令人快活的陈酒，肯定会让人止不住笑的。一些比较贫穷而又比较有才智的人，也讲了许多精彩的故事，不过除非在相同的场合，是不宜重复的。还有人在夫人小姐耳边悄悄讲了许多俏皮话，让她们因为要忍住笑而被憋得几乎缓不过气来；还有男爵的一位虽然贫穷但生性快活、肥头胖脑的堂兄弟，像吼叫似的唱了一两首歌，直弄得两位老处女姑妈不得不举起扇子来抵挡。

在这一片狂欢的气氛中，那位陌生客人却始终保持着一种极其古怪和不合时宜的严肃神情。随着夜色渐浓，他的脸上显出愈加深沉的沮丧之色。说来也奇怪，甚至男爵的笑话似乎也只能使他变得更忧郁。有时候，他会陷入沉思之中，有时候，又会露出焦躁不安的眼神，说明他心里很不平静。他和新娘之间的交谈显得愈来愈热切，也愈来愈神秘。低垂的愁云开始偷偷掩上他那漂亮明净的额头，阵阵颤抖传遍了他那柔韧灵活的身躯。

这一切都不可能逃过在座人的眼光。他们欢乐的心情被新郎这种莫名其妙的阴郁给浇冷了，他们的心绪也受到了影响。大家相互窃窃私语，互使眼色，同时耸耸肩膀，困惑地摇摇头。歌声和笑声变得越来越稀少，谈话也沉闷得随时停顿下来，最后终于讲起荒诞故事和超自然传说来。一个气氛阴郁的故事讲完，接着又是一个气氛更加阴郁的故事，男爵讲起鬼骑士怎么把漂亮的里昂娜拉拐走，把几位太太小姐吓得几乎歇斯底里大发作。这是一个很可怕的故事，后来改写成了绝妙的诗篇，全世界的人都读过，也都相信。

新郎十分注意地听着这个故事，他的眼睛一动不动地紧盯着男爵。当故事接近尾声的时候，他慢慢地从座位上站起来，变得越来越高，直到在男爵恍惚的眼中显得几乎像一个高耸的巨人。故事一讲完，他就深长地叹了一口气，严肃地向在场的人告别。他们都感到很惊异，男爵简直就像被雷劈了一样。

"什么？半夜时分你要离开城堡？哎，为了迎接你什么都准备好了。如果你想休息，房间已经收拾停当了。"

陌生人哀伤而神秘地摇摇头："今夜我必须睡在一个不一样的房间里！"

他的回答和说话的口气里含有某种意味，使得男爵心里很是忧虑不安。不过男爵还是鼓起勇气，重复了他殷勤好客的恳求。

对一切好意挽留，陌生人都沉默却又坚决地摇了摇头，然后他向在座的人挥手告别，迈开大步慢慢走出了大厅。老处女姑妈简直气得发呆——新娘低垂着头，眼中偷偷地涌出了一滴泪珠。

男爵跟随着陌生人走到城堡的大院里，那匹黑马正站在那儿用蹄子刨地，一面不耐烦地喷着鼻息。他们走到门口，门廊深邃的拱顶过道被一盏号灯昏暗地照耀着。这时陌生人停下来，用一种空洞沉重的声音对男爵说话，在拱顶下听起来更像是来自坟墓的声音。

"既然只有我们两个人，"他说，"我愿意把我要走的原因告诉你。我有一个庄严的、不能不履行的约会……"

"为什么？"男爵说，"你不能派个人代替你去吗？"

"谁也代替不了——我必须亲自去赴约会——我必须赶到沃尔兹堡的大教堂去……"

"好吧，"男爵打起精神说，"等到明天再去吧，明天你要到那儿去娶你的新娘。"

"不！不！"陌生人回答道，神色比先前更严肃了十倍，"我根本不是和新娘约会——是和蛆约会！那些蛆在等着我！我是一个死人——我已经被强盗杀了——我的尸体正躺在沃尔兹堡——半夜里我就要入葬——坟墓正在等着我——我必须守约！"

他跳上黑马，冲过吊桥，铿锵的马蹄声在深夜狂风的呼啸中消失了。

男爵在极度惊愕中返回大厅，给大家讲了刚才发生的事。有两位太太当场晕了过去，其他的人一想到竟然跟鬼怪一起吃过酒宴，都觉得恶心。有的人认为这很可能是德国传说中那位有名的鬼猎手，另一些人又谈起了山妖、树妖和其他一些超自然的神灵。不知道从什么时间开始，善良的德国人就一直被它们搅扰得不得安宁。有个穷亲戚斗胆提出了一种猜测，说这也许是年轻骑士搞的遁身之术，他那变幻莫测的阴沉性格同他忧郁的神气看起来也正好相配。不过，他的看法激起了所有人的愤慨，尤其是男爵，简直觉得他跟异教徒差不多。于是，他不得不赶快放弃自己的异端邪说，回归到真诚信徒的信仰上来。

但是，无论他们心中怀有多少种疑问，到第二天正式信件送来时就彻底清楚了，信中证实了年轻的伯爵被人杀害，在沃尔兹堡大教堂举行葬礼的消息。

城堡里众人的沮丧与惊愕是不难想象的，男爵在自己的房间里闭门不出。客人们来这里是和他共享庆典的，觉得在他痛苦的时候不能撒下他不管。他们在院子里走来走去，或者一群群聚集在大厅里，为这个好人遭遇到如此的麻烦难过得摇头耸肩。他们在餐桌旁坐的时间比先前更长，吃喝起来也比先前更厉害，为的是保持精力不致衰退。不过，成了寡妇的新娘的处境才最可怜，她甚至还没来得及跟丈夫拥抱就失去了他——而且是这样一位丈夫！如果他的鬼魂都能如此文雅高贵，那他活着的时候该怎样呢！她的哀哭声简直充满了整个府邸。

　　守寡的第二天晚上，她回卧房去休息，一位姑妈陪着她，坚持要陪她睡。这位姑妈是全德国最会讲鬼故事的人，她刚刚讲起自己的一个最长的鬼故事，却在中途睡着了。这间卧室位置很偏僻，俯瞰着一个小花园。这位侄女心事重重地躺在床上，凝视着上升的月亮投在窗前一株白杨树叶上的颤抖的月光。城堡里刚刚响起了午夜的钟声，从下面的花园里突然飘来一阵柔和的音乐声。她急忙从床上爬起来，轻轻走到窗前。树荫里竟然站着一个身材很高的人，当他仰起头的时候，一道月光正好照在他的脸上。老天爷！她看见的正是鬼新郎！她的耳边猛然爆发出一声高高的尖叫，原来她的姑妈也被音乐声惊醒了，悄悄跟在她后面走到了窗口，然后昏倒在侄女的怀里。等到侄女再朝外看的时候，那个鬼魂已经消失了。

　　在这两个女人当中，现在最需要安慰的反而是那位姑妈，因为她简直被吓得魂不附体。至于对那位年轻小姐，即使是她心爱的人的鬼魂，似乎也有某种令她喜爱的地方。他好像仍然保持着那种男子汉的英俊相貌，况且尽管一个男人的鬼魂很难满足一个害相思病的姑娘的感情，但在无法得到实实在在的本人的情况下，那也是一种安慰。姑妈公开声明她绝不再睡在这个房间里，可是侄女这一次却倔强起来，她也同样强有力地声明，她绝不睡在城堡里的其他房间里。其结果就是她以后只好独自睡觉了。不过她让姑妈保证一定不把这个鬼故事讲给别人听，免得她连世上留给自己的这唯一的悲惨乐趣也得不到——竟然不能住在她情人的鬼魂给她值夜守卫的卧室里。

这位好心的老小姐的诺言会维持多久，那可说不准，因为她太喜欢讲那些奇谈怪事了，而且能做第一个讲出一个可怕故事的人，实在是很得意的事情。不过，她倒是把秘密在肚子里埋藏了整整一个礼拜，至今这一带的人还把这事当作女人守秘密的值得纪念的佐证。那是一个礼拜后的一天早晨，突然间就解除了她以后所受的一切约束，吃早饭的时候传来了一个消息：那位年轻小姐失踪了。她的房间里没人——她的床也没人睡过——窗户是打开的，小鸟飞走了！

只有亲眼见过一个大人物的灾难在他的朋友当中所引起的骚动的人，才能想象人们得知这个消息时所感到的惊异和忧虑，甚至那些穷亲戚也暂时中止了不知疲倦的饕餮之累。那位姑妈一开始被吓得说不出话来，这时候拧着双手，尖叫起来："是那个鬼！是那个鬼！她被那个鬼拐走啦。"

她三言两语就讲完了花园里那个可怕的情景，并且得出结论说那个鬼一定拐走了她的新娘。有两个仆人证实了这个说法，因为半夜里他们曾经听到马蹄声一路传到山脚下去。毫无疑问，一定是那个鬼骑着他的黑马把她带到坟墓里去了。在场的人都被这很可能发生的不祥之事惊呆了，因为这类事情在德国极为寻常，许多确凿可信的史书都可以证明。

这位可怜的男爵的处境是多么悲惨啊！对于一个钟爱女儿的父亲，伟大的卡铮讷棱包根家族的一员，这是多么让人伤心的窘困境地啊！要么是他的独生女儿被劫到坟墓里去了，要么是他招了一个树妖来做自己的女婿，弄不好还会养上一大群鬼怪外孙。和往常一样，他完全茫然无措了，整个城堡里也一片骚动。他吩咐手下备马，前去搜查奥登瓦尔德的每一条大道小径和每一处峡谷。男爵本人刚穿好马靴，挂上宝剑，正准备跨上骏马出发去进行未必有结果的搜索，却突然因为一个新鬼的出现而停了下来。他看见有一个女人骑着一匹小马正朝城堡驰来，旁边陪伴着一个跨在马上的骑士。她飞驰到城堡门前，从马上跳下来，跪在男爵的脚下，抱着他的双膝。这正是他那失踪的女儿和她的伴侣——那个鬼新郎！男爵吓得目瞪口呆。他看看他的女儿，又看看那个鬼魂，几乎怀疑自己的感觉是否可靠。确实，新郎的相貌自从去过幽灵世界之后也大大地改变了。他的衣着富丽堂皇，衬托出一副富于男子气概的高贵仪表。他不再是那样苍白和忧郁了，他英俊的面孔洋溢着青春的光彩，大大的黑眼睛里闪耀着欢乐的神气。

这件事的神秘之处很快就搞清楚了。这位骑士（因为，说实话，你一直就知道他绝不是什么鬼怪）通报自己是赫尔曼·封·斯塔肯浮士德爵士。他讲述了自己和年轻伯爵的险遇。他说当初他怎么急匆匆赶到城堡，来传达这个不受欢迎的消息，但男爵滔滔不绝的话语却阻止了他，每一次试图讲那件事都被打断。他讲了一见新娘自己的心就被俘虏了，为了在她身边度过几个钟头，就默然地让这个误会继续下去。他是怎样一直心烦意乱，不知道用什么方式才能合乎礼仪地抽身退出，直到男爵的那些鬼故事启发他用这么怪异的办法下场。因为担心这个家族的封建仇恨，他只好一再偷偷造访——在年轻小姐窗户下面的花园里频频出没——他向她求婚——赢得了她的心——成功地把她带走——以及，总而言之，娶了这位美人。

如果处在别的任何情境下，男爵是绝不会让步的，因为他一向顽固坚持父亲的权威，并且虔诚地铭记着一切家族仇恨。不过他爱自己的女儿；他对丧失女儿深感哀痛，现在欣喜地发现她仍然活着；况且，尽管她的丈夫属于有世仇的家族，但谢天谢地，他毕竟不是个鬼怪。当然也必须承认，这件事中有些地方并不完全符合他那严格认真的观念，比如那个骑士跟他开玩笑，竟说自己是个死人；不过，当时在场的几位打过仗的老朋友都向他保证，爱情里的任何计谋都是可以原谅的，而那位骑士既然不久前还在骑兵队里服役，当然享有这种特权。

因此，所有的事情都圆满解决了。男爵当场就宽恕了这一对年轻夫妇。城堡里恢复了欢庆的场面。穷亲戚们对家族的这位新成员说了无数友善亲切的话：他是如此英俊风流，如此慷慨大度——而且如此富有。至于两位姑妈，说实话，她们多少有点愤慨，因为她们把姑娘严加隔离、教她一味顺从的那套办法，竟然出了这么一个坏榜样，不过她们把这全都归罪于自己的疏忽，没有把所有的窗户都装上铁栅栏。姑妈中的一位看到她的神怪故事给弄砸了，她所见过的唯一的鬼魂居然是个假货，尤其深受伤害。可是她们的侄女发现鬼魂是个有血有肉的大活人，却显得高兴之极——这个故事到此就结束了。

瑞普·凡·温克尔

渥登，撒克逊之神，因为你
才有了星期三，也就是渥登节。
我将永远坚持真理，
直到哪一天我爬进
我的坟墓——

——卡特赖特

凡是往哈得孙河上游航行过的人，都一定记得卡兹基尔丛山。那是阿帕拉契亚大山脉的一支断脉，它向河的西岸延伸，巍然地高耸着，君临于周围的乡村之上。季节的每一次更替，天气的每一点变化，甚至一天中的每一小时，都会使这些山峦的奇幻色彩与形态发生某种改变，远近的好主妇们都把这些变化看作绝佳的晴雨表。天气晴朗稳定的时候，它们会披上蓝色和紫色糅杂的衣衫，把它们雄浑的轮廓印在傍晚清澄的天空上；而有时候，其他地方看不到一丝云，山顶上却会笼罩上一团灰色的雾气，在落日的余晖中，像一顶璀璨的皇冠闪耀着光彩。

在这美丽的丛山脚下，航行者们有时会看见轻烟从一个村落袅袅升起，村落里农家的木屋顶在树林中隐约可见，那正是坡地上的青蓝色调渐渐融入近处一片新绿的地方。这是一个小村子，却非常古老，是一些荷兰殖民者在这个州成立早期建立的，大约正是好心的彼得·斯泰弗山特（愿他的灵魂安息）开始执政之时；几年前这儿还矗立着几所最初的定居者的房屋，是用从荷兰运来的小黄砖建造的，有格子窗和正面的三角形墙，屋顶上装着风向标。

就在这个村子里，而且就在这样一所房子里（这所房子，说老实话，由于年月久远和风雨剥蚀，已经破烂不堪），好多年之前，当这里还是大不列颠帝国的一个省的时候，曾经住着一个生性淳朴、脾气和善的人，名叫瑞普·凡·温克尔。他是凡·温克尔一族的后代，他的祖先在彼得·斯泰弗山特执政的骑士时代以骁勇善战著称，曾追随彼得围攻过克瑞斯蒂纳要塞。不过，他祖先的那种好勇斗狠的性格却几乎没有遗传给他。我刚才已经说过，他是个生性淳朴、脾气和善的人；不仅如此，他还是个和气的邻居和一个顺服的怕老婆的丈夫。说实话，让他处处受欢迎的那种温和性情可以说应该归因于怕老婆；因为男人在家里经受了泼妇的管教，到外面就最容易成为好好先生、讨人喜欢。这些男人的脾气，毫无疑问，就是因为在家庭磨难的熊熊炉火里受过锻炼，才变得柔软而富于韧性；看起来，要教人养成忍耐和坚忍的美德，帷帐中的一场训话抵得过全世界的一切说教。因此，从某些方面来说，有一个凶悍的妻子，也可以看作是一份挺不错的福气；要真是这个道理，瑞普·凡·温尔克就有三倍的福气了。

理所当然，村子里所有的好主妇们都很喜欢他，她们就像女性通常表现的那样，在他家里发生一切争吵时都会站在他那一边；她们在傍晚聊天的时候谈到这些事情，毫无例外地都会把罪责归到凡·温尔克太太身上。村子里的孩子们在他走近的时候，也总是会发出一片欢呼声。他会加入他们的游戏，给他们做玩具，教他们放风筝和弹石子，还给他们讲很长的关于鬼怪、巫婆和印第安人的故事。只要他从家里躲到村子里游荡，就会有一大群孩子围上来，吊住他衣服的下摆，爬到他背上，放肆地百般捉弄他；在这附近，甚至没有一只狗会对着他叫唤。

瑞普性格中最大的毛病，是对一切有益劳动怀有不可克服的厌恶。这不可能是因为他缺乏勤劳刻苦或者坚持不懈的品格；因为他可以坐在一块湿漉漉的石头上，拿着一根像鞑靼人的长矛似的又长又重的钓竿，钓上一整天鱼，哪怕没有一条鱼来咬饵，他也不会丧气，抱怨一声。他还会在肩头扛着一支鸟枪，耗费好几个钟头去穿树林过沼泽，上山坡下峡谷，只为了打几只松鼠或野鸽子。他从来不会拒绝给邻居们帮忙，哪怕活儿最劳累，只要村子里举行剥玉米或者筑石墙的聚会，他总是头一个到场；村里的女人们也常常雇他为自己办事，叫他干些自己不太听话的丈夫不愿意干的零碎活儿。总之，瑞普除了自己家的事情而外，随时准备帮别的任何人办事；可要是让他干自己的家务活，料理他自己的田地，他就会觉得干不了。

事实上，他公开宣称说在自己的田里干活是白费劲；他家那块地是整个村子里最倒霉的一小块地；不管他在田里怎么干，件件事情都要出乱子，或者说早晚也会出乱子。他的篱笆接连不断地倒塌；他的母牛要不就走迷了路，要不就跑到菜地里去吃菜；他田里的野草肯定会比别的任何地方长得快些；每逢他有些田里的活儿要干的时候，老天爷就总是准时下起雨来，因此，尽管祖上的田产在他手里一英亩一英亩地少下去，直到只剩下一块玉米和马铃薯地，这块地仍然是附近一带最糟糕的。

他的几个孩子也穿得破破烂烂，老在外面野跑，就像没有父母似的。他的儿子瑞普是个淘气鬼，长得跟他一模一样，很可以指望他继承乃父之风，穿的也是他父亲的旧衣服。平日里总看见他像一匹小马驹似的跟在他母亲身后，穿着他父亲丢掉的一条宽大的裤子，用一只手费劲地往上提着，仿佛一位漂亮太太在坏天气里提着长长的裙裾。

不过，瑞普·凡·温克尔却是那种乐天派，生就糊里糊涂、无忧无虑的性情；他轻轻松松地过日子，吃白面包和黑面包都无所谓，只要最不用操心和费力弄到手就行；他宁可只有一个便士而挨饿，也不愿为一个金镑去工作。假如生活由他自己去安排，他一定会吹着口哨心满意足地打发掉一生时光；可是他老婆却不停地在他耳边唠叨，说他游手好闲啊，说他百事不操心啊，还说他毁掉了一家人。早晨、中午、晚上，她的舌头一直不停地呱呱响，只要他说了一句话或者干了一件事，肯定会招来她一番滔滔不绝的训斥。瑞普只有一个办法来回应所有这类教训，因为经常采用也就养成了习惯，他只是耸耸肩，摇摇头，两眼看天，一声也不吭。不过，这又总是激起他老婆新一轮的排枪扫射；于是他不得不撤兵逃遁，跑到大门外边去——说老实话，这也是怕老婆的丈夫唯一的退路了。

瑞普在家里的唯一追随者就是他那条名叫"狼"的狗，

"狼"和它主人一样惧怕女主人；因为凡·温克尔太太把他俩看成一对游手好闲的伙伴，甚至看着"狼"的时候还带着一副恶狠狠的眼光，认为它的主人经常出门不回家就是因为它的缘故。其实，"狼"也具有一条可敬的狗所应有的全部精神，它跟任何穿行于树林中的动物同样勇敢——不过，哪一种勇气能抵御一个女人那喋喋不休、纠缠不已的可怕的舌头呢？从走进家里的那一刻，"狼"立刻就低垂着头，尾巴不是拖在地上，就是夹在腿间，它带着要上绞刑架的神情，在屋子里偷偷摸摸地走来走去，不断地斜眼瞟着凡·温克尔太太，只要扫帚柄或水勺子微微一举，就狂吠着猛地朝门口飞奔而去。

随着瑞普·凡·温克尔的婚姻生活一年年流逝，他的日子却越来越难过；刻薄的脾气绝不会随年龄的增长而趋于温和，尖刻的舌头却是唯一会因为长久使用而变得越发锋利的刀子。有很长一段时间，当他被老婆从家里赶出来的时候，他常常去参加一个由村子里的智者、哲学家和其他闲散人士组成的永久俱乐部，聊以自慰。俱乐部在一家用乔治三世陛下的红脸肖像做招牌的小客店门前的长凳上举行会议。他们常常坐在这儿的树荫下面消磨一个漫长的懒洋洋的夏日，没精打采地谈论村子里的闲言碎语，或者讲些没完没了的令人昏昏欲睡的无聊故事。不过，当偶尔有一张过路旅客丢下的旧报纸落到他们手里的时候，有时也会引发一些深刻的议论，值得任何政治家即使花钱也要听一听的。乡村教师德里克·凡·本麦尔是个很有学问的矮个子男人，字典里最长的字也难不倒他，在他慢腾腾地读报纸的时候，大家会多么严肃地倾听那上面的内容啊；对于那些在几个月之前就已经发生了的公众事件，他们的议论是多么英明啊。

　　这个秘密政治集团的意见，完全由尼古拉斯·维德尔控制，他既是村子的一位元老，又是客店的老板。他从早到晚一直坐在客店门口，只在要躲避太阳光的时候才把座位稍微移动一下，让自己始终躲在那株大树的阴影下；因此，邻居们根据他的移动就能像看日晷那样准确地知道是几点钟。事实上很难得听见他讲话，他只是不停地抽着他的烟斗。不过他的信徒们（因为每一个大人物都有信徒）却完全懂得他，知道怎样去揣摩他的意见。当所读的和所说的任何事情惹得他不高兴的时候，就会看见他猛烈地抽烟斗，喷出短促的、密集的、愤怒的烟雾；而当他听得高兴的时候，就会缓慢地、平静地把烟吸进去，再吐出一朵朵淡淡的祥和的烟云；有时候他会把烟斗从口中拿下，让香喷喷的烟气在鼻子边缭绕，一面庄严地点一点头，表示完全认可。

　　即使躲在这个堡垒里，倒霉的瑞普最后还是会被他凶悍的老婆赶出来；她会突然闯进来，打破会议的宁静气氛，把与会人士骂得无法招架；甚至连尼古拉斯·维德尔那样威严的人物也逃不脱这个可怕的泼妇，她直截了当地指控他助长她丈夫游手好闲的恶习。

　　可怜的瑞普终于被逼到了几乎绝望的地步；要逃避田里的劳作和老婆的吵闹，也就只剩下拿起猎枪溜到树林里去这唯一的办法了。进了树林，他有时会在一棵树下坐下来，和"狼"一道分享袋子里的东西；他把"狼"当作受迫害的难友而同病相怜。"可怜的'狼'啊，"他会说，"你的女主人让你过这受折磨的日子；不过别担心，我的孩子，只要我活着你就绝不会缺少支持你的朋友！"于是"狼"就会摇摇尾巴，忧愁地望着它主人的脸；假使狗也能感到怜悯的话，那么我绝对相信它也会衷心地回报他主人的感情。

在一个晴朗的秋日，瑞普在做这种漫游的时候，不知不觉地爬上了卡兹基尔丛山中一处最高的峰顶。他去射猎松鼠，这是他最喜欢的活动；僻静的山间反复震响起他的射击的回音。将近黄昏时分，他气喘吁吁，精疲力竭，便在一处悬崖顶上长满野草的绿色山包上躺了下来。从树丛的空隙处，他可以俯瞰连绵几英里的覆盖着茂密森林的低矮原野。极目远眺，他可以看见下面远远地躺着那条雄伟的哈得孙河，正默然无声而又庄严雄伟地流淌着，明镜似的河面上有的地方倒映着一片紫色的云彩，有的地方又点缀着一叶缓缓移动的孤帆，最后，河流隐没在了青蓝色的山地之间。

他朝另一侧望去，下面是一条很深的峡谷，荒凉、寂静、杂草丛生，谷底堆满了从悬崖绝壁上坠落下来的乱石，落日反射出的余晖几乎照不进峡谷中来。面对这番景象，瑞普躺在那儿深思了好一阵；暮色渐渐深浓了；群山开始把它们长长的青蓝色的影子投射到峡谷里。瑞普明白，不等他回到村子里，天早就黑透了，一想到要遭到凡·温克尔太太的恐怖咒骂，他沉重地叹了一口气。

他正要下山，突然听见远处有个声音在招呼他："瑞普·凡·温克尔！瑞普·凡·温克尔！"他环顾四周，什么人也没有，只看见一只乌鸦孤零零地飞过山峰。他猜想这一定是自己的幻觉在欺骗自己，便又转身迈步下山，却又听见那同一个声音在宁静的黄昏中响起："瑞普·凡·温克尔！瑞普·凡·温克尔！"——与此同时，"狼"竖起了背上的毛，发出一声低沉的嗥叫，躲闪到主人身边，惊恐地朝下面的山谷里张望。这时候瑞普觉得有一阵恐惧袭遍全身；他焦虑地朝那个方向望去，只见一个身形奇怪的人正费力地往岩石上慢慢攀爬，背上扛着什么沉重的东西压弯了他的腰。看见在这么荒凉冷清、罕有人迹的地方居然还有人，瑞普十分惊讶，不过他猜测这可能是某个乡邻正需要他的帮助，就赶紧走下去帮他一把。

他走得越近，对那个陌生人的古怪外貌就越是感到惊异。那是一个身材又矮小又宽胖的老头子，长着浓密蓬松的头发和花白的胡须。他那身衣服属于古代荷兰的式样—— 一件棉布紧身马甲，腰间扎着一条皮带；穿着好几条马裤，最外面的一条很是宽松，两侧从上到下装饰着两排纽扣，膝头上打着褶。他肩头上扛着一只大木桶，里面好像装满了酒。他示意瑞普过来帮他扛木桶。尽管瑞普对这位新相识感到有些畏怯和疑虑，他还是遵照他素来的老习惯欣然从命。他俩相互交替扛着木桶，沿着一条狭长的沟往上攀爬，这条沟显然是一条山涧的干涸河床。在他们往上爬的时候，瑞普不时听到一阵很悠长的隆隆声，像是远处响起的雷鸣，似乎来自峭壁之间一道很深的隙口，或者更像是一道裂缝，而他们脚下这条崎岖的小路正是通向那里的。他停了片刻，但猜想那不过是高山地区常有的一场短暂的雷雨的声音，就继续往前走。他们穿过隙口，来到一块凹地，它就像一个小小的圆形剧场，周围是陡峭的绝壁，悬挂在绝壁边缘上的大树横伸出枝丫，所以只能从缝隙中偶尔瞥见蔚蓝的天空和黄昏明亮的云彩。瑞普和他的同伴始终一声不吭地奋力行走着，尽管瑞普完全搞不懂为什么要扛一桶酒到这荒无人烟的山上去，但是这个陌生人身上有某种怪异而不可思议的地方，令他望而生畏，不敢攀谈。

一走进这个小圆剧场，眼前就出现了更新奇的事情。在中央的一块平地上，有一群模样古怪的人正在玩九柱戏[1]。他们的衣着都是古怪的外国式样，有些人穿着中世纪的紧身短上衣，有些人穿着紧身马甲，腰带上挂着长刀，大多数人都穿着和领他进山的老头一样的肥大的马裤。他们的相貌也长得很特别：其中一个人长着大胡子和宽阔的脸膛，却有一对狭小的眼睛；另一个人的脸好像被一只大鼻子占满了，头上戴着锥形糖块似的白帽子，上面插着一根小小的红公鸡的尾毛。他们都蓄着胡子，但胡子的形状和颜色各不相同。有一个人好像是首领。他是个身体壮实的老绅士，有一张饱经沧桑的脸，身穿镶着花边的紧身短上衣，腰扎宽皮带，佩着一柄短剑，高高耸立的帽子上插着羽毛，脚上穿着红袜子和系着玫瑰结的高跟鞋。这些人使瑞普想起了村里牧师多米尼·凡·沙伊克家客厅里挂的一幅佛兰德斯[2]古画上的人物，那幅画还是移民时期从荷兰带来的。

特别使瑞普感到奇怪的是，虽然这些人明明是在娱乐，却始终显露出最为严肃的表情，保持着极其神秘的沉默，这可是他从来没见过的最阴郁的联欢会。除了玩球的声音外，再没有任何声响打破眼前这片寂静，而每当那些球滚动的时候，山间

---

[1] 抛球击打九个直立的木柱，以击倒木柱的数量来定胜负的一种游戏。

[2] 欧洲古代尼德兰南部，包括现比利时、荷兰和法国的部分地区，在文艺复兴时期曾形成著名画派。

便会响起雷鸣般的隆隆回声。

瑞普和同行的老头走近这些人的时候，他们突然停下球戏，用雕像那样的凝滞眼神紧盯着他，脸上的表情又是那样古怪、粗鲁和晦暗，使瑞普心里发慌，膝盖打战。这时候，同行的老头把木桶里的酒全都倒进几只大酒壶里，然后示意瑞普给那些人送酒。他心怀恐惧、战战兢兢地照办了；那些人不声不响地一口气喝完壶里的酒，又回头去玩他们的球戏。

瑞普的畏惧不安渐渐消退了。没人盯着他的时候，他居然壮着胆子去尝了一口酒，发现它很有上等荷兰杜松子酒的风味。他是个生性嗜酒的人，没一会儿又忍不住尝了一口。喝了一口就想再喝一口，于是他一次接一次地往酒壶跟前跑，到最后他的神志模糊起来，只觉得头昏眼花，脑袋也渐渐垂下，沉沉睡去。

醒来的时候，他发现自己还躺在那个长满绿草的山包上，也就是他最初看见山谷里那个老头的地方。他揉了揉眼睛——这是一个阳光灿烂的早晨。许多鸟儿在灌木丛里跳跃鸣叫，一只老鹰迎着山间清新的微风高高地在空中盘旋。"我敢肯定，"瑞普心想，"我并不是一整夜都睡在这儿的。"他回想睡着之前发生的事情。那个扛着一桶酒的古怪老头、那个山谷、隐藏在岩石间的那片荒野空地、那群玩九柱的阴郁的人、那个酒壶——"啊！那个酒壶！那个该死的酒壶！"瑞普心想——"我该找什么借口去向凡·温克尔太太解释啊！"

他环顾四周去找他的枪，却发现原来那杆光滑洁净的鸟枪不见了，身边只有一杆破旧的火枪，枪筒上长满了铁锈，枪栓脱落下来，枪托上也满是虫蛀的小孔。现在他怀疑是那些山上那些板着脸饮酒玩乐的家伙对他玩了花招，用酒灌醉了他，然后偷走了他的枪。"狼"也不见了，也许是因为追赶松鼠或者松鸡跑丢了吧。他吹口哨唤它，高声叫它的名字，却丝毫没有反应；他的口哨声和叫喊声四处回荡，却根本不见狗的身影。

他决定再到昨天傍晚那些人游戏的地方去看看，要是能遇见其中的某个人，就要他归还自己的狗和枪。当他起身迈步的时候，发现自己关节很僵硬，没有平时那么灵活了。"山上的地铺可不适合我睡觉，"瑞普想，"要是这样胡闹让我得了风湿病而起不了床，凡·温克尔太太可就有好日子给我过了。"他颇为费力地走下山谷，找到昨天傍晚他和老头爬上去的那条干涸的溪沟；可是令他大吃一惊，一股溪流正水沫飞溅地从沟里流下，溪水从一块岩石跳向另一块岩石，山谷里响彻了潺潺的水声。于是他改道从溪谷的侧面向上爬，艰难地穿过长满桦树、黄樟和金丝梅的灌木丛，野葡萄的藤蔓在树间攀缘，在他的路径上结成了一张网，不时把他绊倒，或者缠住他的脚。

他终于到达了溪沟从悬崖隙口通向往小圆形剧场那个地方，但是再也没有任何隙口的痕迹了。岩石形成了一道密不透风的墙，一股湍流像用轻软的泡沫做成的水帘从岩墙上倒挂下来，再跌落进一个密林环绕、荫翳深浓的宽阔深潭里。这时候，可怜的瑞普不得不停住脚步。他再一次用口哨和叫喊来唤他的狗，但回答他的只有一群懒散的乌鸦呱呱的叫声，它们正围着阳光照耀着的悬崖上一株枯树盘旋游戏。它们安全无虑地在高空飞翔，似乎正俯视着这个可怜人，嘲笑他所处的困境。下一步该怎么办呢？上午的时光正在过去，瑞普因为没吃早饭而饿得要命。他伤心地放弃了找回狗和枪的希望；他害怕见到妻子，但是饿死在山里总归不是办法。他摇摇头，扛着那杆生锈的火枪，忧心忡忡地掉头走上回家的路。

快走到村子的时候，他遇到了许多人，但一个也不认识，这使他有点惊讶，因为他觉得周围一带的每一个人自己都是认识的。他们的衣服的式样也和他惯常所见的不同。他们都带着同样惊讶的神情盯着他，而且每次看他的时候总要摸摸自己的下巴。他们反复做出的这个手势使得瑞普也不知不觉地做了同样的动作，这时候他被吓了一跳，他发现自己的胡子长得足足有一英尺长了。

这时候他已经走到了村子边。一群陌生的小孩子跟在他后面奔跑，朝他喊叫，指着他的花白胡子。村里的狗也没有一条是他的旧相识，他路过的时候都对他狂吠。就连村子也变了样，它比以前更大了，人也更多了。一排排的房屋都是他以前从没见过的，他过去常去的那些熟门熟路的房屋都没有了。门上写的都是陌生的名字——窗口显露的全是陌生的面孔——一切都是陌生的。这时候他心里感到很不安，他开始怀疑自己和他周围这个世界是不是都中了魔法。这明明是他土生土长的村子，他只不过在昨天才离开。卡兹基尔丛山就在那儿耸立着——银色的哈得孙河就在那远处流淌着——每一座小山，每一条溪谷，都跟往日完全一样——瑞普真搞糊涂了——"昨晚那只酒壶，"他心想，"把我可怜的脑子弄糊涂啦！"

他费了好大的劲才找到去自己家里的路，他静悄悄地、满怀畏惧地走近，每一刻都提防着会听到凡·温克尔太太尖厉的声音。他发现自己家的房屋已经颓败不堪了——屋顶已经倒塌，窗户摇摇欲坠，门都从铰链上脱落下来。一条饿得半死的狗，样子很像"狼"，正在屋子周围躲躲闪闪地跑动着。瑞普唤它的名字，但这个畜生竟然嗥叫起来，龇着牙齿，然后跑开了。这样不理不睬的确太不友善了——"这是我的狗啊，"可怜的瑞普叹了口气，"连它也把我忘了！"

他走进屋子，这屋子，说实话，凡·温克尔太太总是收拾得井井有条的。现在它空空荡荡，冷冷清清，显然是没人居住了。屋里这一派荒凉压倒了他对老婆的一切恐惧——他大声喊他的老婆和孩子——他的声音在几个冷清的房间里回荡了片刻，接着又恢复了一片寂静。

他急忙跑到屋外去，匆匆赶往他常去的那个地方——乡村旅店，可是旅店也不见了。在它原来的地方立着一座东倒西歪的大木屋，几扇大窗户敞开着，有的已经破了，用旧帽子和旧裙子补着空隙，大门上漆着"江奈生·杜立特尔联合旅馆"几个字。那棵原来荫蔽着安静的荷兰小旅店的大树，已经被一根光秃秃的高柱子取代，柱顶上有个好像是红色睡帽的东西，那上面挂着一面旗子在飘扬，旗子上有些星星和条纹奇怪地组合在一起——所有这些都是那么奇怪和难以理解。不过，他从招牌上总算还认出了国王乔治的那张红脸，他曾经那么多次在下面安安静静地吸烟斗，可是就连这幅画像也发生了奇异的改变。红色上衣换成了一件蓝色夹黄色的上衣，手里拿的不是权杖而是一把剑，头上戴的是一顶三角帽，画像下面用大号字体漆着："华盛顿将军"。

门口跟往常一样聚集着一群人，不过没有一个瑞普能想起来那是谁。就连这些人的性情好像也变了。他们都带着一种忙碌、吵闹、好争论的神气，而不像通常那样保持着一副迟钝和懒洋洋的神态。他想找那位宽面孔、双下巴、衔着那根漂亮的长烟斗、用喷出团团浓烟来代替无谓闲谈的智者尼古拉斯·维德尔，或者那位慢腾腾地读旧报纸的乡村教师凡·本麦尔，可是没找到。他倒是看到一个瘦瘦的、怒气冲冲的家伙，口袋里塞满了传单，正在高谈阔论什么公民权啊，选举啊，国会议员啊，自由啊，邦克尔山啊，1776年的英雄啊，还有其他一些话，被弄糊涂了的凡·温克尔听来，全都玄奥难懂、莫名其妙。

瑞普的出现，还有他那长长的花白胡子、生锈的鸟枪、古怪的衣着，后面还跟着一大群女人和孩子，立刻引起了那些旅店政客的注意。他们围在他身边，非常好奇地从头到脚打量着他。那位演说家急忙走到他跟前，把他拉到旁边，问他"投哪一方的票"。瑞普茫然不解地呆呆望着他。另一个矮小的、爱管闲事的人拉着他的胳膊，踮起脚尖在他耳边问道："你是联邦党还是民主党？"瑞普对这个问题同样是完全无法理解。这时候有一个戴着尖尖的三角帽、自作聪明和自命不凡的老绅士，用手肘把大家向左右推开，从人群中挤了过来，在凡·温克尔面前站定，一只手叉腰，另一只手拄着手杖，他那锐利的眼光和尖尖的帽子好像刺进了瑞普的灵魂，并用严厉的语气质问道：是谁在选举的时候派他来，肩上还扛着枪，身后还带着一群人，是不是打算在村子里制造骚乱？"天哪！先生们，"瑞普叫起来，心里有几分沮丧，"我是个可怜的从不惹是生非的人，是本地土生土长的人，是国王的忠实臣民，愿上帝保佑他！"

这时候，旁边看热闹的人突然齐声叫起来："亲英分子！

亲英分子！奸细！逃亡者！把他轰出去！叫他滚蛋！"那个戴着三角帽、自命不凡的人费了好大的力气才恢复了秩序，然后皱着眉头做出比原来严肃十倍的样子，再次盘问这个来路不明的犯罪嫌疑人，质问他到这里来是何目的，想要找谁？可怜的瑞普低声下气地保证自己没有恶意，只不过是到这儿来找那几个常来旅店聊天的邻居。

"呃——他们是谁？把他们的名字说出来。"

瑞普稍微想了想，然后问道："尼古拉斯·维德尔到哪儿去啦？"

大家沉默了一阵子，随后一个老头用尖细的声音回答道："尼古拉斯·维德尔！嗨，他死了十八年了！在教堂的墓地里原来还有块木头墓碑，上面刻着他一生的事迹，不过那块木碑烂掉了，也找不到啦。"

"布鲁姆·达契尔在哪儿呢？"

"哦，他在战争开始时就到军队里去了。有人说他在斯东尼角的激战中阵亡了——还有人说他在安东尼岩角的脚下遇到风暴淹死了。我也不知道究竟怎样，——反正他一直没有回来。"

"教师凡·本麦尔在哪儿呢？"

"他也打仗去了，成了民军的大将军，眼下在国会里当议员哩。"

瑞普听到他的老家和朋友们的这些悲惨的变化，发觉自己就这么被孤零零地留在世上，心都碎了。他们回答他的每一句话都让他莫名其妙，简直没法理解已经过去了那么长久的时间，也没法理解他们说的那些事情：战争——国会——斯东尼角；他完全没有勇气再打听其他任何朋友了，只是绝望地喊道："难道这儿就没有谁认识瑞普·凡·温克尔吗？"

"啊！瑞普·凡·温克尔！"有两三个人叫起来，"啊，肯定认识啦！那边就是瑞普·凡·温克尔，靠着那棵树的人。"

瑞普朝那边看过去，看见一个和自己上山那时候长得一模一样的人：神气同样是那么懒散，当然也穿得同样破烂。可怜的瑞普现在完全被弄糊涂了。他甚至怀疑起自己是谁了：到底他是瑞普本人呢，还是变成了另外一个人。就在他陷入一片混沌的时候，那个戴三角帽的人又来质问他是谁，叫什么名字。

"上帝知道，"他不知所措地叫道，"我不是我自己啦——我成了另外一个人啦——那边那个人才是我——不——那是代替我的另一个人——昨天晚上我还是我自己，可是我在山上睡着了，他们把我的枪换了，所有一切都变了，连我自己也变了，我说不出自己叫什么名字，或者我到底是谁！"

看热闹的人这时候相互看了看，点着头，意味深长地眨着眼睛，用指头轻轻敲着自己的额头。同时，大家悄悄地议论着，打算把他的枪夺下，免得这个老家伙闹出乱子来。那个戴三角帽的、自命不凡的人听到大家有这个意思，急忙拔腿开溜。就在这紧要关头，一个年轻标致的女人从人群中挤进来，也想瞧瞧这个灰白胡子老头。她手里抱着一个脸蛋胖乎乎的孩子，那孩子一看见瑞普的模样就吓着了，张口哭起来。"别哭，瑞普，"她叫道，"别哭，你这小傻瓜；这个老头不会伤害你的。"孩子的名字，母亲的神态，她说话的腔调，这一切在他脑子里唤醒了一连串的回忆。"你叫什么名字，我的好太太？"他问道。

"朱迪斯·加得尼尔。"

"你父亲的名字呢？"

"唉，可怜的人，他叫瑞普·凡·温克尔，可是自从他带着他的猎枪出门，已经二十年了，再也没有听到他的消息——只有他的狗回家来了；不过他到底是开枪自杀的，还是被印第安人抓走了，谁也不知道。我那时候还只是个小姑娘呢。"

瑞普只剩下一个问题要问了，不过他问的时候声音在颤抖：

"你母亲在哪儿呢？"

"哦，她也死了，不过是不久前才死的；她跟一个新英格兰小贩发脾气，血管破裂死的。"

这个消息里至少含有一点儿安慰。这个老实人再也无法控制自己了。他伸出双臂抱住女儿和她怀里的外孙。"我是你爸爸！"他叫道，"曾经是年轻的瑞普·凡·温克尔——现在是老瑞普·凡·温克尔了！——难道就没有人认识可怜的瑞普·凡·温克尔了吗？"

大家站在那里惊呆了，后来有一个老太婆从人群中颤颤巍巍地走出来，用手遮在额头上，凝神打量一阵他的脸，叫喊起来："没错！真是瑞普·凡·温克尔——真是他！欢迎你回家了，老邻居——哎，这长长的二十年你跑到哪儿去了啊？"

瑞普的故事很快就讲完了，因为这整整二十年对他来说只是一晚上。邻人们听这个故事的时候都瞪大了眼睛；有几个人相互眨眼睛，扮鬼脸；当这场虚惊结束的时候，那个戴三角帽的自命不凡的人又回到现场，紧扭着嘴角，摇着头——于是所有的人都跟着摇起头来。

这时候，大家看见老彼得·范德尔敦克正沿着大路慢慢走过来，就决定听听他的见解。他是一位跟他同姓的历史学家的后裔，那位历史学家编写过本州最早的历史。彼得是本村最老的居民，通晓附近一带所有的奇异事件和传说。他立刻回想起了瑞普，以最令人满意的态度确证他的故事完全可靠。他向大家保证说确有其事，从他那位先辈历史学家起就传下来这一段记载，说卡兹基尔山一向有奇怪的人出没。他还说可以肯定，这条河流和这个地带最早的发现者、伟大的亨德利克·哈得孙，每隔二十年总要率领他那条"半月号"大船上的水手到这里来进行一次巡视；通过这样的方式来重访他建立功业的地方，监察以他的名字命名的河流和伟大城市。他还说他父亲曾经看见他们穿着古代的荷兰服装在一个山坳里玩九柱戏；他本人也在一个夏日的下午听到他们打球的声音，就像远处的隆隆雷声。

长话短说，人群最后分头散去，重新去搞他们更重要的选举事务了。瑞普的女儿带他回家去一起生活。她有一所舒适的、陈设齐全的房子，还有一个身躯魁梧、性情快活的农民丈夫，瑞普还记得他就是当初经常爬到他背上的顽皮孩子当中的一个。至于瑞普的儿子和后嗣，也就是刚才见到的那个跟他长得一模一样、靠着大树站着的人，他受雇在田里帮人干活儿；不过他显然具有遗传的脾性，什么事都肯干，只有自己的事情除外。

现在瑞普恢复了他过去的行为和习惯；他很快就找到了许多原先的老伙伴，不过他们都因为岁月的磨蚀，身体远不如他；他宁愿同新成长起来的一代人交朋友，不久他就博得了他们的喜爱。

他在家无事可做，而且已经到了可以悠游闲散而不受责备的幸福年龄，于是他又重新坐在旅店门口的长凳子的老位置上，被大家尊崇为村子的老前辈、"战前"旧时代的一部活历史。他过了好久才跟得上大家闲谈的正规路径，才能弄明白在他睡过去的时候所发生的奇怪的事情：怎样发生了一场革命战争——这个国家已经摆脱了英国的奴役——他已经不是乔治三世陛下的臣民，而是合众国的一个自由公民。事实上，瑞普不是什么政客，帝国变成共和国对他来说没有多大的影响；只有一种专制让他吃了多年的苦头，那就是——女人掌权的专制。幸好这种专制也结束了，他已经摆脱了婚姻的枷锁，任何时候自己高兴出门就出门，愿意回家就回家，不再害怕凡·温克尔太太的暴政了。不过每逢提起她的名字，他还是会摇摇头，耸耸肩，两眼看天，这种神态可以看作是对于命运的屈从，也可以看作是要表达获得解放的喜悦。

他常常把自己的故事讲给每一个到杜立特尔先生旅店来的外乡人听。起初，大家都注意到他每次讲到有些地方都有些不同，这肯定是因为他最近才醒来的缘故。到最后，这段故事才终于定型，跟我所讲的完全一样了，附近一带不论男人、女人和小孩，都能倒背如流。某些人却总是假装怀疑这个故事的真实性，坚持认为瑞普的脑子出了问题，只要说到这件事他就始终会堕入奇思狂想。不过，年老的荷兰裔居民几乎全都绝对相信这件事。甚至到了今天，每当夏日午后，他们听见从卡兹基尔丛山传来的雷声时，总会说那是亨德利克·哈得孙和他的水手们在玩九柱戏；附近所有怕老婆的丈夫，在日子过得实在艰难的时候，都希望可以从瑞普·凡·温克尔的酒壶里喝一口静心安神的酒。